海外小説の誘惑

分解する

リディア・デイヴィス

岸本佐知子＝訳

白水*u*ブックス

BREAK IT DOWN

Japanese translation published by arrangement with
Lydia Davis c/o Denise Shannon Literary Agency, Inc.
through The English Agency (Japan) Ltd.

分解する　目次

話

仕事から帰ってくると、彼からメッセージが入っている。今日は行けない、今日は忙しい。あとで電話をする。私は電話がかかってくるのを待つが、九時に彼のアパートまで行き、車があるのを見る。だが彼は家にいない。私は彼の部屋のドアをノックし、それからガレージのドアを全部ノックする。どれが彼のガレージかわからなかったのだ。だが返事はない。私はメモを書き、読みかえし、べつのメモを書き、それを彼の部屋のドアに差しこむ。私は家に帰るが、落ちつかない。翌朝旅に出る予定で、やることがたくさんあるのに、ピアノを弾くことしかできない。十時四十五分にふたたび電話をかけると彼が出る。前の恋人と映画に行っていた、今も彼女といっしょにいる、あとで電話をする、そう彼は言う。私は待つ。やがて座ってノートに書きはじめる。彼が電話をかけてきたら、彼がこっちに来るか、彼が来ずに私が怒るかのどちらかだ、と私は書く。となると私は彼か怒りのどちらかを手に入れることになるが、それはそれで悪くない、怒りはいつでも大きな慰めになると夫のときにわかったから。さらに私は三人称を使って過去形で書く。彼女はつねに愛を欲してきた、たとえ複雑な愛であっても。その文章を書いている途中に彼から電話がかかってくる。十一時半を少しまわった時刻だ。私たちは十二時まで言い争う。彼の言うことはことごとく矛盾している。たとえば私に会いたくなかったのは仕事をしなければならなかったからだし、何よりも独りでいたかったからだと彼は言うが、じっさいには仕事はしていなかったし独りでもなかった。彼はどうしてもその矛盾を認めようとせず、やがて会話はかつて私が夫と幾度となく交わした会話にだんだん似てきたので、私はさよならと言って電話を切る。それからさっき書きかけていた文章を最後まで書くが、すでに怒りが大きな慰めであるとは思えなくなっている。

五分後に私はふたたび彼に電話をかけ、言い争ったりして悪かった、愛していると言おうとするが、彼は出ない。もしかしたらガレージのほうに行っていて、もう戻ってきたかもしれないと思い、五分後にふたたび電話をかけるが、やはり彼は出ない。私はもう一度彼の家まで行って彼がガレージで仕事をしているかどうか確かめようかと考える。彼の机も本もガレージにあって、読んだり書いたりするときはいつもそこに行っているからだ。私は寝巻姿で、時刻は十二時をまわっており、翌朝の五時に発(た)たなければならない。それでも服に着がえ、一マイルかそこらの距離を彼の家まで車を走らせる。もしも向こうに着いて、家の前にさっきはなかった車が停まっていたらどうしよう、そしてそのうちの一台が彼の前の恋人のものだったらどうしようと私は考える。車寄せに入っていくと、前はなかった車が二台駐(と)まっていて、そのうちの一台は彼の部屋のドアすれすれのところに駐まっている。きっと彼女が中にいるのだ。私は小さな建物にそって裏にまわり、彼の部屋の前まで行って窓から中をのぞく。明かりはついているが、半分閉じたブラインドとガラスの曇りのために中はよく見えない。だが部屋の中の様子がさっきとはちがっているし、さっきはガラスも曇っていなかった。私は外側の網戸を開けて、内側のドアをノックする。そして待つ。返事はない。網戸から手を離すと自然に閉じ、私はガレージが並んでいるほうに向かいかける。すると背後でドアが開き、中から彼が出てくる。ドアの前の通路が暗いのと、彼が黒っぽい服を着ているのと、ただでさえ乏しい明かりが背後から当たっているのとで、彼の姿はよく見えない。彼は近づいてきて無言で私の体に腕をまわすが、何も言わないのは胸がいっぱいだからではなく、次に何を言おうか考えているからだろうと私は思う。彼は腕を離すと私の横をまわりこみ、ガレージの前に駐まっている車列のほうに、先に立って歩きだす。

歩きながら彼は「あのさ」と言ってから私の名を言う。前の恋人が中にいる、私との仲はもう終わりだ、と言うつもりなのだろう。だが彼はそれを言わない。本当はそれに近いことを言おうとした、すくなくとも彼女が中にいると言おうとしたが、何らかの理由で思いとどまったのではないかと私は感じる。かわりに彼は、今日のいろいろな行き違いはすべて自分のせいだ、悪かった、と言う。彼はガレージのドアを背にして顔に光を受けており、私は光を背に立っている。すると唐突に彼が私を抱き寄せ、私のくわえていた煙草の火が彼の背後のガレージのドアに押しつけられる。なぜ私たちが彼の部屋ではなくここにいるのか、理由はわかっているが、このいさかいが終わるまでは訊かずにおこうと私は思う。すると彼が言う、「きみに電話したとき彼女はここにいなかった。あとで戻ってきたんだ」。彼女がここに来たのは何か悩み事があって、そのことを話せるのが彼しかいないからで、他意はないと彼は言う。そして言う、「きっときみはわかってくれないだろうね」。

私はなんとか整理しようとする。

つまり二人は映画に行き、いっしょに彼の家に帰ってきて、そこに私が電話をかけ、その後彼女が出ていき、彼が私に電話をかけ、言い争いをし、それから私が二度電話をかけるが、彼はビールを買いに（彼によれば）出かけていて、それから私が車で彼のところに行くと、その間に彼はビールを買って戻ってきていて、そこに彼女も戻ってきて、彼女がまだ家の中にいたので私と彼はガレージのドアの前で話をしたことになる。だが本当のところはどうなのだろう。私が最後に電話をかけてから彼の家に着くまでの短時間のあいだに、たまたま彼と彼女が両方家に着くなどということが本当にあるのだろうか。それとも本当は彼が私に電話をかけているあいだ彼女は家の外かガレージか自分の車の中で待っていて、終わったあと彼女をまた家に入れたが、二度めに私が電話をかけたときには彼はすでに私との言い争いにうんざりしていて、電話が鳴っても取らなかったのだろうか。それとも彼女は本当に一度帰り、また戻ってきたが、彼はずっと家にいて、電話を取らずに鳴らしっぱなしにしていたのだろうか。あるいは彼は彼女を家に入れ、そのあとビールを買いに出て、残った彼女が鳴りつづける電話の音を聞いていたのだろうか。最後のものが一番ありそうになかった。どのみちビールを買いには出なかったのではないかと思う。

彼がいつも本当のことを言うとはかぎらないので、彼の言葉を信じられないことがたびたびあり、そんなとき私は頭のなかであれこれ推理をして、それが本当なのかどうか突き止めようとする。そうして本当ではないとわかるときもあれば、判断がつかないしわからずじまいということもある。彼が何度も同じことを言うので、同じ嘘を何度も繰り返すとは考えにくいという理由から本当なのだなと思うときもある。もしかしたら何が本当かはどうでもよくて、ただ問いに対する答えがほしいだけなのかもしれない――彼は私のことを怒っているのかいないのか。もし怒っているのなら、どの程度なのか。彼は彼女のことをまだ愛しているのかいないのか。もし愛しているのなら、どの程度なのか。彼は私を愛しているのかいないのか。どの程度。彼がどれくらい平然と私を裏切るようなことができるのか、そしてそれをしたあと、どれくらい平然と嘘をつけるのか。

オーランド夫人の恐れ

オーランド夫人の世界は暗黒だ。家の中なら危険なものはわかっている。ガス台、急な階段、滑りやすいバスタブ、それに電気の配線が悪い箇所。家の外では何が危険かある程度はわかっているが、すべてわかっているわけではない。わからないということが彼女には恐ろしく、犯罪や災害に関する情報を熱心に収集する。

彼女は用心してあらゆることに備えるが、どんなに備えても安心できない。急な空腹に備え、寒さに備え、退屈やひどい出血に備える。絆創膏（ばんそうこう）や安全ピンやナイフをつねに持ち歩く。車の中には長いロープにホイッスル、それに買い物にひどく時間のかかる娘たちを待つあいだに読むためのイギリス社会史の本。

たいていの場合、彼女は男性と行動をともにするのを好む。体の大きさの点でも物事を理性的にとらえるという点でも、男たちは頼りになる。慎重さを重んじる彼女は、前もって席を予約しておく男や、一瞬考えてから質問に答える男を尊敬する。何かにつけ弁護士を雇い、言葉の一つひとつが法律によって裏打ちされた彼らとの会話に無上の安らぎを感じる。だが街に買い物に出かけるときは、独りで行くよりはと娘たちや女友だちを誘う。

彼女は一度、街なかのエレベーターで暴漢に襲われたことがある。夜間で、黒人の男で、知らない場所だった。まだ若かったころのことだ。満員のバスの中では何度か痴漢にあった。レストランでウェイターと口論になり、激昂した相手にコーヒーを手にかけられたこともある。

街なかでは、地下鉄を乗りまちがえて地下を知らないところまで連れていかれないかといつも心配だが、そんなときでも下層の人々にはけっして方角をたずねない。すれちがう黒人男たちはみなさまざまな犯罪を企んでいる。誰に持ち物をひったくられるかわからず、相手が女といえども油断はならない。

家では娘たちに電話をかけ、今にきっと起こるにちがいない災厄について何時間でもしゃべりつづける。良かったことについてはあまり言いたがらない。ツキが落ちてしまうのが怖いからだ。たまに何か良いことについて言うときには、そこだけ声をひそめ、言ったあとで電話台をこつこつ叩く。何を言っても母親がそこから不吉の前兆を見つけだすので、娘たちはほとんど何も言わない。そして娘たちが何も言わないと、彼女はそれをまた不安に思う――体の具合が悪いか、夫との仲がうまくいっていないのではないか。

　ある日彼女は娘たちに電話で言う。街に独りで買い物に出た。車を駐めて生地屋に入った。生地を見て、何も買わないが、見本の小切れを何枚かハンドバッグに入れる。歩道には黒人男が何人も歩いていて、不安な気持ちになる。彼女は自分の車に戻る。キーを出そうとすると、車の下から手が伸びて彼女の足首をつかむ。車の下に伏せていた男が彼女のストッキングの足首を黒い手でつかみ、車のせいでくぐもった声で、バッグを地面に落として去れと言う。立っているのもやっとだが、彼女は言われたとおりにする。建物の陰に立ってバッグを見守るが、バッグは歩道に落ちたまま動かない。何人かが彼女をちらちら見る。やがて彼女は車に近づき、歩道に膝をつき、車の下を見る。向こう側の道路に当たる日差しが見え、車の腹の配管が見える。誰もいない。彼女はバッグを拾い、車で家に帰る。

　娘たちはその話を信じない。そんなおかしなことをする人がいるはずがない、しかも白昼堂々、そう娘たちは言う。それにそんなふうに人が消えるわけない、まるで煙みたいに。彼女は自分の話を信じない娘たちにひどく腹を立てる。白昼堂々とか煙とかいう物言いも気に入らない。

足首襲撃事件があってから数日後、またしても彼女を動揺させる出来事が起こる。ある夕暮れどき、彼女は車を運転して海辺の駐車場に行く。車の中に座ってフロントガラス越しに夕日を眺めるのが好きで、ときどきこれをやる。だがこの日、波打ち際のボードウォークに目をやると、いつもの人けのない浜辺の景色のかわりにそこにあったのは、砂浜に横たわる何かを囲んで立つ、ひと握りの人の群れだ。

彼女はひと目で興味をそそられるが、夕日を眺めずにこのまま走り去ってしまいたい気持ちと、行って浜辺にあるものが何なのか確かめたい気持ちと、半々に引き裂かれる。彼女は想像をめぐらせてみる。もしかしたら生き物かもしれない。生きている、あるいは生きていたものでないと、人が何かをあんなに長いこと凝視するはずがないから。大きな魚だろうかと彼女は思う。大きなものにちがいない、小さな魚では興味をひかないし、クラゲのようなものでも小さければ同様だ。イルカ、それともサメだろうか。あるいはアザラシかもしれない。たぶん死んでいるだろうけれど、もしかしたらまだ息があって、ひと握りの人々はそれが死んでいくところが見たくて集まっているのかもしれない。

とうとうオーランド夫人はたまらずに見に行く。ハンドバッグを持って車を下り、ドアをロックし、低いコンクリートの柵を乗り越えて砂の上に降りる。ハイヒールを砂にめりこませ、足を大きくふんばって、ゆっくり歩きにくそうに進んでいく。ストラップのところをしっかりつかんだ硬くて艶(つや)のあるハンドバッグが、前後左右に暴れる。花柄のワンピースが潮風で太股(ふともも)にはりつき、スカートの裾が膝のあたりで陽気にはためくが、硬くカールした銀色の髪はそよとも動かず、歩みを進める彼女の顔も厳めしい。

彼女は人垣のあいだを進んでいき、地面を見る。砂の上に横たわっているのは魚でもアザラシでもなく、若い男だ。まっすぐに体をのばし、両足をつけ、腕も体の横にぴったりつけた姿で死んでいる。上に新聞紙がかぶせてあったのが、風で一枚一枚めくれあがり、丸まって、砂の上をすべって見物人の足にからみつく。やがてメキシコ人らしき肌の浅黒い男が片足を出して最後まで残っていた新聞紙をどけたので、死人の姿が皆の目にすっかりあらわになる。整った顔だちで、痩せている。顔は灰色で、ところどころ黄色くなりかけている。

オーランド夫人は食い入るように見る。周りを見まわすと、他の人々もみんな心を奪われている。溺死体。この人は溺れ死んだのだ。もしかしたら入水自殺かもしれない。

彼女は苦労して砂浜を引き返す。家に着くとすぐさま娘たちに電話をして、見てきたことを話す。まず言う、さっき浜辺で死人を見た、溺死だった。それから同じことを一からまた言う。彼女が話を繰り返すたびにひどく興奮するので、娘たちは不安になる。

その後の数日間、彼女は家から出ない。それから急に家を出て知り合いの家に行く。猥褻な電話がかかってきたと話し、その夜は泊めてもらう。翌日家に戻ると、何者かが家に押し入ったような感じがする。いくつか物がなくなっているからだ。その後それらはすべて家の中のべつべつの場所で見つかるが、誰かが家に侵入したという感覚は消えてなくならない。

彼女は家の中で侵入者におびえ、何か悪いことが起こりはしないかと息を殺して過ごす。家でじっとしていると、ことに夜中など、しょっちゅう変な物音がする。何者かが窓の下に潜んでいるにちがいない。たまらずに外に出て、外から自分の家を見る。暗闇のなか、家のまわりを一周し、誰も潜んでいないことを確かめて中に入る。だが三十分もするとまた、出ていって家を外から見ずにはいられなくなる。

彼女は家を出たり入ったりし、次の日もまた出たり入ったりする。それから家に閉じこもって電話をかけ、話しながら目は不審な人影を探してドアや窓をじっと見張る。それからまたしばらくのあいだ彼女は家から一歩も出なくなる。早朝に地面に足跡が残っていないか確かめる以外には。

意識と無意識のあいだ――小さな男

寝床の中で眠れないまま、彼女はカーテンの隙間から漏れてくる街灯のかすかな光を浴び、やらなければならないさまざまなことについて考え、いろいろなことを思い出し、あるいはただ耳を澄まして音を聴き、光と闇を見つめていた。目を開いたり閉じたりすることについても考えた。まぶたが上がると、それまで見えなかった、そして見えないから彼女にとっては無であった景色が、奥行きと光と闇をともなって眼前にあらわれる。まぶたが下りると景色はふたたび見えなくなり、そうやってまぶたはいつでも上がって景色を見せ、いつでも下りて消すことができる。だが眠れないまま目を閉じて横たわり、神経が研ぎ澄まされ、せわしなく頭を働かせて考え事をしていると、閉じたまぶたの奥で自分の目がまじまじと見開かれているのを感じることがあった――目玉が飛び出した虚(うつ)ろな凝視、だが見つめているのはただ、閉じたまぶたの裏の暗闇だ。

彼女の息子がやってきて、彼女の太股の上に灰色の大きな貝殻を三つ置いた。するとそばでべつの固い椅子に腰かけていた客人が手を伸ばし、真ん中の一つを取って眺めた——縦長の、裂け目の白いコヤスガイだった。

限界に達する瞬間がある。もうこの先には暗闇のほかには何もないというときが。すると現実ではない何かが救いを与えにあらわれる。ある意味、これは狂気に似ている。現実の何ものによっても救われない狂人は、現実でないものを信じるようになる。現実のものがいつまでたっても彼を救ってくれない以上、彼はそれなしではいられないのだ。

彼女の息子が外のテラスで、プラスチックのピストルの上にレンガを何度も落とし、ピストルは砕けて尖った破片になる。ドアの閉まった部屋の奥からはテレビの音がしている。べつの女が濡れた髪で体にタオルを巻いてあらわれて、とつぜん大きな声で彼に言う。だめ、やめなさい。息子はレンガを抱えたまま怯(おび)えた顔で棒立ちになる。女は言う、瞑想しようとしていたのに、家が壊れるかと思った。息子の足元、ペンキを塗ったタイルの上で、赤いプラスチックの破片が輝いている。

不眠のメカニズム。たとえば考えが途中で夢に変わることがある（長い文章を頭の中で並べていて、気づくと十四丁目の通りで黒くて長い縁石を道に並べている）。すると意識が言う、いや待て、これは現実じゃない、夢に入りかけているんだ。それで目が覚めてしまい、考えることと夢を見ることについて考えはじめる。あるいは、寝床の中で眠れない時間が長く続いたあとでやっと睡魔が到来し、全身の力がすっと抜けるのがわかる、すると急に訪れた眠りに意識が興味をかきたてられ、それで目が覚めてしまう。時には最初から頭が何時間も休むことなくめまぐるしく動きつづけ、寝床を出て温かい飲み物を作ると、飲み物それ自体よりも何か行動を起こしたという、そのことが功を奏することもある。たまにすんなり眠りがやってくると、とたんに（十分かそこら眠っただけで）何か大きな音や、静かだが耳障りな音が聞こえて、心臓が激しく鳴る。最初はただ形にならない怒りだけがあり、やがてまた頭がせわしなく動きだす。

咳をしながら、枕三つで頭を起こし、かたわらには温かい紅茶。またべつの夜、額の上に、溶けてしんなりとなった濡れたティッシュ。

彼女は息子といっしょに浜辺で寝た。海岸線と平行に並んで横たわった。波は襞を重ねるように砂に打ち寄せ、吸いこまれた。人々は歩き、近くに座り、通りすぎた。潮騒の満ち足りた静けさが二人を安らかに眠らせ、午後の傾いた陽射しは子供の顔の上に落ち、首筋には砂の粒、アリが一匹頰を這い（息子は小さく身ぶるいし、こぶしを開いて、また握りしめた）、彼女は片頰を柔らかな灰色の砂に押し当て、眼鏡と帽子は砂の上だった。

それから二人でゆっくりと丘を登って家に帰り、そのあと暗いバーに出かけて夕食をとった（息子は半分寝ぼけて、つややかな木のテーブルに頭がつきそうになった）。暗がり、人いきれ、音、荒々しいまでの音、それらのせいでまるで料理といっしょに音と闇を食べているようで、店から明るく静かな通りに出ると目眩がして、一瞬どこにいるのかわからなくなった。

暗闇のなか彼女は横たわり、込み入った角をいくつも曲がって、眠れる場所に行こうとしている。眠るのはいつも難しい。あとから考えればそれほど難しくなかった夜でも、きっと難しいだろうと前もって身構えるので、けっきょく難しい夜と変わらなくなる。

遠い昔のあの夜は、なすすべもなかった。彼女は部屋のベッドで泣いていた。体の左側を下にして、目は暗い窓のほうを向いていた。八歳か九歳、それくらいのころだ。左の頬に当たる小さな古い枕は、古びた柔らかい枕カバーごしに老人の匂いがした。彼女のそば、たぶん右腕の下に抱きかかえるようにして、布地がすりきれ、鼻があっちこっち折れ曲がったゾウの縫いぐるみがあった。いやもしかしたらこの夜は、枕を脇に押しやり、ゾウも押しやり、右の頬を下にして、ドアの下の隙間から射しこむ光とそれに照らされた床板を眺め、床を低く流れるすきま風の中に手を垂らしていたかもしれない。その夜はずっと待っていた、もう一度ドアが開くかもしれない、許しが得られるかもしれない、廊下の白い光が部屋になだれこみ、そしてその白い光を背に黒いシルエットが入ってくるかもしれない。夜、母親が部屋から出ていってしまうと、ドア一枚隔てただけなのに母はとても遠くにいってしまう。そしてドアを開いて入ってくると、母はまっすぐ子供のところまでやってきて、顔の半分に光を受け、そびえるように高く立つ。だがこの日子供はドアを見てはいない。暗い窓に顔を向け、絶望して泣きはじめる。誰かが怒っている。取り返しのつかないひどいことをしてしまったから、今夜はもう許しは与えられないだろう。誰も部屋に入ってこないし、自分が出ていくこともできない。その取り返しのつかなさが彼女を恐れさせる。そのせいで、ほとんど死んでしまいそうな気持ちになる。そこにその人が入ってくる、まるで呼ばれでもしたかのように、だが彼は現実のものではない、彼女が空想でこしらえたのだ、その彼が初めて部屋に入ってきて彼女の右肩のあたりに立つ。小さく、柔らかく、控えめなその存在は、もう大丈夫だと彼女に告げるためにやってきた。限界が訪れて、ここから先にはもう闇しかないという、その瞬間に姿あるものになったのだ。

彼女は考えていた。まだなにも終わっていない。自分が眠れないのはそのせいだ。一日が終わったと言うことはとてもできなかった。どの一日も終わったという感じがしなかった。あらゆることがまだ終わっていなかった。終わっていないばかりでなく、何ひとつうまくできなかった。

外ではモッキンバードが、いろいろなパートを試すように、十五秒くらいおきに調子を変えながら歌っていた。彼女は毎晩彼の歌声を聞いたが、ナイチンゲールのことを思い出すことはなかった、同じように暗がりで鳴く鳥なのに。

モッキンバードの歌声の背後には海の音が聞こえた。あるときは低くつぶやくように、またあるときは荒波が砂浜に打ちつける音が鋭く高く。毎晩ではなく、暗闇の中で眠れずにいる夜に高潮が重なったときにはそうだった。もしも自分の中に安らぎのようなものを無理やり引きこむことができれば眠れるかもしれないと彼女は考え、液体を吸い上げるようにその安らぎを吸い上げようとした。そしてそれは一時的にせよ効果があった。安らぎが体の中に満ちてくると、それは自分の背骨から、背骨の下のあたりから湧き出てくるように感じられた。だがずっと吸い上げつづけていなければ、それは体の中にとどまってくれず、長続きもしなかった。

彼女は心の中で思う、いったいどこに救いがあるというのだろう？　すると驚いたことにあの人影がまたやってくる、やってきて彼女の右肩のあたりに立つ。彼はもはや小さくはない、もはやふくよかでも控えめでもなく（あれから長い年月が経っていた）、暗い威厳に満ちている。言葉で言うわけではないが、存在そのものでその人は彼女に伝える、大丈夫だ、他の人々はそうは思わないかもしれないが彼女はできるかぎりのことをした、と。そしてその人々もまた家のどこかにいた、廊下の向こうのどこかの部屋に、一列にずらりと、あるいは二列に並んでひしめいて、昂然と、白い、怒った顔をして。

分解する

男が一枚の紙を前に座っている。彼は清算しようとしている。彼は言う。

割ってみよう。まずチケット代が六百ドル、プラスその後のホテル代や食事代や何やかや、それがちょうど十日ぶん。となると一日あたりざっと八十ドル、いやもっと、百ドルぐらいか。それからセックスを平均して一日に一回したとして、となると一回あたり百ドル。そして一回の長さは二時間ないし三時間だったから、一時間あたりに直すと三十三ドルから五十ドルのあいだということになる。これはずいぶん高い。

だがもちろんそれだけだったわけではない、彼女とは一日じゅうずっといっしょにいたのだから。彼女は僕をじっと見て、見られるたびに僕はうれしくて、それから彼女はほほえんで、とぎれめなく話して歌って、こっちが何かひとこと言えばそれにも食いつく、強奪する、僕はちょっと置いてけぼりのようになるけれども彼女はほほえんでもいて、冗談も言い、僕はそれがうれしいけれどどうしていいかわからなくて、ただほほえみを返しながら、彼女といっしょにいる自分を馬鹿のように感じる、彼女の頭の良さにとても追いつけないと思う。彼女は話しながら僕の肩や腕に触れた、つねにどこかに触れていて、体をぴったり寄せていた。恋人と一日じゅういっしょにいるとずっとそれが続く、ほほえみと触れ合いが、それは少しずつ積み重なりふくれ上がる、自分がその夜どこで何をすることになるかが君にはわかる、話しながらときどきそのことを考える、いや考えるのではない、ある種の目的地のようにそれを感じる、宵を過ごしているこの場所を出たあとで何が起こるのかを、それで君はわくわくして、頭の中で先のことを考えはじめる、いや頭の中というのではない、体のどこかで、あるいは体じゅうで、それは少しずつ積み重なって雪だるま式にふくらんでいく。そしていざベッドに入ると、本当の行為になるともう止められない、それはいちどきにあふれ出す、ただしゆっくりと、はじめは慎重にと思うがやがて我慢できなくなる、あるいはしじゅう自分を抑えていく、自分を抑えていろいろなものの縁(ふち)に触れる、遠巻きに攻めていく、でもやがてどうしようもなくなって飛びこんで最後までいく、終わるとふらふらで立つこともできない、それでもやがてトイレに行きたくなって立つ、脚が震えている、ドアの枠につかまる。窓から射すかすかな明かりで行って帰ってくる道筋は見えるが、ベッドは見えない。

一日じゅうそれが続くのだから、一回百ドルというのは正しくない、目を覚まして隣に彼女の体があるのを感じた瞬間から君は何ひとつ見逃さない、隣にある何もかもを、彼女の腕、彼女の脚、彼女の顔、あのなめらかな肌、僕は他の肌にも触れたことはあるけれども、この肌はもっとべつのものの先ぶれで、だから一からまた始まる、どれほど互いをまさぐりあっても満ち足りることはない。そして飢えがすこしおさまると、自分がどれほど彼女を愛しているかを考えはじめ、それがまた君を燃え上がらせる、それに彼女の顔だ、彼女の顔に目をやると、自分がそこにいることが、その幸運が信じられないような気持ちになる、何もかもがいまだに新鮮な驚きで、それはいつまでも変わることがない、終わったあとでもなおそれは驚きでありつづける。

そういうことが一日のうち、ゆうに十六時間とか十七時間とか続くのだし、彼女といっしょにいないときでもそれは続く、離れていればいたで、ふたたびいっしょになったときの悦びを思ってそれもうれしく、だから離れていてもやっぱりそれはそこにある。そして一人でどこかに行って見慣れた通りや見慣れた絵を眺めているときでも体の中にそれを感じないわけにいかない、それに前の日に起こったいくつかの出来事、それら自体にはなんの意味もない、あるいは彼女とのことがなければ何の意味もないような出来事でも、忘れられずにずっと体の中に残っている、だからそう、百割る十六として、一時間あたりおおよそ六ドル、これはそう高くない。

そして眠っているあいだでさえそれは続いている、たとえ全然べつの夢を見ていたとしてもだ、たとえばある建物の夢、その建物はほとんど毎晩のように夢に出てきた、なぜなら毎日午前中のかなりの時間を当時の僕はその旧い石造りの建物の中で過ごしていたからで、目を閉じるといつもそこに涼しい空間が見えて心に安らぎが広がるのがわかった、レンガ造りの床や石のアーチ、そのあいだに広がる何もない空間、それを暗い額縁のようにしてその向こうに見えている庭、この場所じたいが涼しさと灰色の影のせいでどことなく石に似ていた、それはいわば光の影、アーチの向こうに射す陽光に輝く影だ、それに天井の高さもあった、そういったことすべてが無意識のうちにつねに頭のどこかにあって、ただ目を閉じるまではそのことに気づかない。僕は眠る、夢に彼女は出てこないけれども隣には彼女が眠っていて、僕は夜中に何度も目を覚まして彼女がそこにいることを思い出し、そのたびに、さっきは仰向けに寝ていたのに今は丸くなってこちらに寄り添うようにして寝ているとか、そういうことに気づく、彼女の閉じた目を見てまぶたにキスしたいと思う、あの柔らかな皮膚を唇に感じたいと思う、でも起こすことはしたくない、眠りの中で僕のことを忘れている彼女が、何かにわずらわされたように感じて眉をひそめるさまを見たくない、だからただ彼女を見て、眠っている彼女をこうして眺めている時間だとか、彼女がいま横にいて、のちにそうなるように自分から離れていってしまっていないこととか、そういうことすべてを手放すまいとする、それを感じながら一晩じゅう起きていたいと思う、でもできない、また眠りに落ちてゆく、それでもまだ手放すまいとして、だから眠りは浅い。

だがすべてが終わってもそれは続く、何もかも終わったあとも彼女は甘い酒のように君の中に残る、彼女は君を満たし、彼女に関するあらゆることが血液のように君の中を流れる、彼女のにおい、声、体の動き、すべてが、少なくともしばらくのあいだは君の中にある、それから徐々に君はそれを失っていく、僕はそれを失いはじめている、君は自分の弱さがこわい、彼女のすべてを自分の中にふたたび呼び起こせなくなっていくことが、すべては体の中から少しずつ流れ出ていってしまって、今では体よりも頭の中に多く残っている。さまざまな絵が一つひとつよみがえってきて君はそれを見る、そのうちのいくつかは他よりも長く残る、たとえば二人でとても白く清潔な場所に座っている絵、喫茶店だ、そこでいっしょに朝食をとった。そこは何もかもが白く、それを背景に彼女がくっきりと見える、彼女の青い瞳や笑顔、服の色、君を見ていないときに目を落としている新聞の活字まで見える、うつむいて新聞を読んでいる髪の淡い茶色と赤と金、茶色いコーヒー、茶色いロールパン、それらすべての背景としてある白いテーブルと銀のポットと銀のナイフやスプーン、それから他のテーブルに独りで座っている眠そうな人々の沈黙と、受け皿の上でスプーンやカップがかちゃかちゃ鳴る音やかすかな囁き声、それに重なる彼女の声の抑揚。それらの絵が呼び覚まされるたびに君は願わずにいられない、この絵がすぐには死んでしまいませんように、枯れてしまいませんように、だがいずれはそうなるだろう、起こったことのいくつかも忘れてしまうのだろう、げんに君は小さな出来事のいくつかをすでに忘れかけていることに気づいている。

二人でベッドにいるときに彼女が僕に訊いたことがある、わたし、太っているように見える？　僕は彼女がそんなことを気にする人に見えなかったから驚いた、でもたぶん気にしているのだろうと深読みしてしまい、きみの体はとても美しい、完璧な体だと思う、と馬鹿みたいに答えた、本当にそう思っていたし、問いに対する答えのつもりで言ったのだが、彼女は棘を含んだ声で、そういうことを訊いたのではないと言った、それで僕はもう一度、彼女が訊いたとおりの質問に答えなおした。

いちど夜更けに、彼女がベッドの中で僕にぴったりと体を寄せて話しはじめたことがあった。僕の耳に息を吹きかけるようにして彼女は際限なく話しつづけた、とめどなく、どんどん早口になり止まらなくなって、でも僕はうれしかった、彼女の生命が声といっしょに自分の中に注ぎこまれているような気がしたから、僕の中にはぜんぜん生命がなくて、彼女の生命が、炎が、あの熱い息とともに耳から流れこんできて、僕はただ隣にいていつまでも話しつづけていてほしいと思った、そうやっていつまでも生きていたいと思った、生きつづけられると思った、でも彼女がいなくなった今、どうなのかはわからない。

やがて君は起こったことの一部を、あるいは大部分を、最終的にはほぼ全部を忘れてしまう、そしてもうこれ以上は忘れまいとして懸命にすべてを記憶にとどめようとする、だがあまり考えすぎると逆にそれを殺してしまうことにもなりかねない、それでも四六時中考えてしまう自分をどうすることもできない。

そうして記憶の中の絵が消えはじめると、君の中に問いが生まれる、それらささやかな問いは答えを得られないまま頭の中にずっと残る。たとえばなぜ彼女はある晩ベッドに入ったときには明かりをつけていたのに次の晩には消し、さらにその次の晩にはつけ、最後の晩には消したのかとか、そうした小さな問いがいくつも心のどこかにまとわりつく。

やがて絵も消えてしまい、小さな問いが答えのないまま干からび、あとにはただ大きくて深い痛みだけが残る。君はそれを紛らわそうとして本を読んだり、外に出ていっておおぜいの人のなかに立ち交じる、だがたとえうまく痛みを押しやることに成功して、もうこれでしばらくは大丈夫だ、自分は安全だと思っても、それは単に精一杯それを押し返して作ったささやかな無感覚の地面に立っているにすぎず、あるときふいにすべてが戻ってくる、きっかけはたとえば音だ、猫の泣き声だったり赤ん坊だったり、なにか彼女の泣き声に似た物音を聞いた瞬間、それが自分の中のどうすることもできない部分と結びついて、痛みがとてつもない激しさで戻ってきて君は不安になる、また一から同じことを繰り返さなければならないのかと不安になる、いやそれはほとんど恐怖に近い、いったいこれから逃れられる日がいつか来るのだろうかという恐れに。

だからそれが起こっていたあいだの毎時間だけではなくて、終わったあとも毎日、何時間も何時間もそれが続く、徐々に短くなっていきながらも何週間と続く、なんなら率を割り出すことだってできる、六週間後にはたぶん一日のうちトータルで一時間ぐらいしかそれについては考えなくなっているかもしれない、こっちで何分、あっちで何分というふうに散り散りにかもしれないし、ここでは何分か、あとは寝る前にまとめて三十分とかかもしれないし、寝床の中で全部がいちどきによみがえってきて夜更けまで眠れないのかもしれない。

それやこれやをすべて足し合わせると、かかった金額は一時間あたり三ドルくらいだったたのかもしれない。

つらい時間も計算に入れるべきなのかどうか、それがよくわからない。彼女といっしょのときにつらい時間はなかった、いや一度だけあったかもしれない、僕が彼女に愛していると言ったときだ。言わずにいられなかった、彼女に今までそれを言ったことはなかった、僕は彼女を半分愛しかけていて、もし彼女さえ許してくれれば完全に愛していたかもしれないけれど、彼女にはできなかったし僕もできなかった、なぜならすべてはもうすぐ終わる運命だったから、でもとにかく僕は愛していると言った、そして不慣れだったから前もって予防線も張らなかった、たとえば僕がきみを愛しているからといってきみはそれを重荷に思う必要はないとか、きみが同じように感じたり言ったりする必要はない、ただ言わずにいられなかっただけなんだ、だって想いで胸がはちきれそうになっていたから、でも言ったところでこの苦しい気持ちをどうすることもできない、あまりに想いが大きすぎてとても言葉なんかでは追いつかない、言葉は無力だ、かといって体を重ねればよけいに事態は悪くなる、よけいに言葉が必要になるのに言葉は何の役にも立たない、とか、そんな前置きもせずに、ただそのまま愛していると言った、そのとき僕は彼女の上になっていて、彼女の両手は顔の横にあって、僕はその上に両手を重ねて指をからめていた、窓から街灯のかすかな光が彼女の顔に当たっていたが表情は読めなかった、僕はそれを言うのが怖かったけれどどうしても言いたかった、彼女に知っていてほしかった、それは最後の夜で、いま言わなければ二度とチャンスはなかった、だから僕は言った、きみが眠ってしまう前にこれだけは言っておきたい、きみが眠ってしまう前に、きみのことを愛している、そう言った、すると即座に、間髪入れずに、わたしも愛してると彼女が言った、でもそれは本心からではないような、どこか上っ面な感じに聞こえた、とはいえ誰かが「私もあなたを愛している」と言えば、それは相手の言ったことをオウム返しするのだから、たとえ本心からでも上っ面のように聞こえてしまうものだけれど、問題は今となってはそれが本心だったかどうかを確かめようがないことで、あるいはいつか本心だったかどうか彼女の口から聞ける日も来るのかもしれないが、すくなくとも今は知る手だてがなく、僕はあんなことを言わなければよかったと思う、はからずも彼女を罠にはめたようになってしまったから、そうあれは罠だったと今ならわかる、だってもしも彼女が何も言わなければ、彼女が僕から受け取るだけ受け取って何も返さない形になってしまって具合が悪いから彼女としてもああ言わないわけにはいかなくなる、だからあれはただの礼儀として言ったのかもしれず、彼女が本心からあれを言ったのかどうか、今はもう確かめようがない。

もう一つのつらかったことは――いやつらいというのとは違う、だが楽しかったわけでもない――僕がいよいよ去らなければならなくなったときで、その時が近づくにつれて僕は震えだして、自分が空っぽになってしまったように感じた、体の真ん中に何もなくなったような、自分の中身が空洞になったような、とても両脚で立っていられないような気がした、そしてその時は来た、すべての支度が済み、あとは行くだけという時が、そして最後はキス一つだった、それもごくそっけないキス、まるでそこからまた何かが始まるのを恐れているかのような、すると彼女は少し取り乱したようになってドアの横のフックに手を伸ばしてシャツを取った、青と緑の柄のシャツをフックから、そして持っていけとばかりに僕に渡した、柔らかな布地から彼女の香りが強く立った、それから僕らは向かい合わせに立って彼女の手に握られている一枚の紙を見た、僕は何ひとつ見逃すまいとした、この最後の何分間かにしがみついた、なぜなら本当にこれで最後だからだ、二人の関係は終わるのだ、変わらないものはこの世に一つもなくて、だから本当のおしまい、ジ・エンド。

もしかしたら収支は悪くないのかもしれない。それをすることによって生じる損など何もなかったのかもしれない。わからない、本当に僕にはわからない。それについて考えていると、まるで王子になったような、王になったような気分になることもあれば、恐ろしくなることもある、いつもではなく折にふれてではあるけれど、これのせいで自分がどうなってしまうのか考えただけで恐ろしくなる、だがどう対処すればいいのか、それもわからない。

去りぎわにもう一度だけ振り返ると、ドアはまだ開いていて、暗い部屋の奥に立っている彼女が見えた、こちらを見ている彼女の白い顔だけが見えた。顔と、白い腕と。

いずれその痛みを目の先一メートルの箱の中に入ったもののように見るときが来るのだろう、どこかのショウウィンドウごしに、蓋の開いた箱の中に入ったものを見るように見るときが。それは金属の塊（かたまり）のように冷たく硬い。君はそれを見て、そして言う、よし、これをいただくよ、買うことにしよう。それだけのことだ。なぜなら、入っていく前からもう何もかも知っているのだから。痛みもそれの一部なのだと知っている。それでも後になって、痛みよりも喜びのほうが大きかったから、だからそれをもう一度やるとか、そんなものではない。そういうのとは違うのだ。差し引きすることなどできない、なぜなら痛みは後からやってきて、ずっと後まで続くのだから。だから本当にわからないことはこうだ——なぜそれだけの痛みがあってなお、もう二度とそれをやらないと君は言わないのだろう？　こんなに痛いのだからそう言って当然なのに、君はそう言わない。

で、いま僕が考えているのはこういうことだ——六百ドル、あるいは千ドル持って入っていって、出てきたときはシャツ一枚きりというのは、いったいどういうことなんだろう。

バードフ氏、ドイツに行く

〈事業〉

バードフ氏はドイツ語修得のため、一年の予定でケルンの下級官吏の家に下宿する。この事業には計画性もなければ将来性もない。氏がほとんどの時間を無駄な考え事に費やし、ドイツ語もほとんど習得せずに終わるからである。

〈状況〉

バードフ氏はアメリカの学校時代の旧友にあてた手紙の中で、ドイツについて、ケルンについて、滞在している下宿について、広々として眺めがいい部屋について、窓から建設現場ごしに見える山々について、熱烈な賛美の言葉を書きつづる。だが本人にとって新天地に思えるこの状況も、じつは過去に何度も繰り返されたことで、めざましい成果が上がったことは一度もなかった。学生時代からの旧友には毎度おなじみのことである——安っぽい装飾品で埋め尽くされた部屋、詮索好きな宿のおかみ、その不細工な娘たち、ひとりきりの孤独な部屋。熱意が空回りする語学教師、やる気のない生徒たち、見慣れぬ異国の街並。

〈倦怠〉

勉学に励める環境をすっかり整えたとたん、バードフ氏は倦怠感に襲われる。勉強に集中できない。そわそわして、ひっきりなしに煙草を吸うが、吸えば必ず頭が痛くなる。教科書の言葉は解読不能で、苦心惨憺してやっと構文を一つ理解しても、達成感は得られない。

〈レバーの団子〉

食堂に下りていく時間はまだずいぶん先だというのに、気づくとバードフ氏は昼食のことを考えている。氏は窓辺に座って煙草を吸う。すでにスープの匂いが漂っている。食堂のテーブルにはレースがかけられているが、食器類はまだ並んでいないだろう。

バードフ氏は下宿の裏手の建設現場を眺める。むき出しの土の擂り鉢の底で、三基のクレーンが頭を下げたり、直立したり、右に左に回転したりしている。ずっと下のほうでは小さな作業員たちが、ポケットに手を入れてじっと動かない。

スープはきっと澄んで薄味で、レバーの団子が浮いているだろう。表面には脂が輪を描き、うずまく湯気の下でパセリが点々と散っている。スープのあとにはたいてい仔牛の薄いカツレツが出、そのあとに甘いパンが一切れ出る。いまそのパンが焼き上がったのが匂いでわかる。下のほうでうなりを上げていたクレーンやブルドーザーのいくつもの異なるエンジンの響きが、ドアごしの廊下で鳴る掃除機の音にかき消される。やがて掃除機は家の別の場所に移っていく。正午になると下の重機類の音がぴたりとやみ、ふいに訪れた静けさのなか、宿のおかみの声や、階下の廊下のきしむ音、ナイフやフォークが鳴るにぎやかな音が聞こえてくる。待ちかねていたその音を聞くと、バードフ氏は部屋を出て食堂に下りていく。

〈授業〉

語学教師は明るくユーモラスで、生徒たちは授業を楽しむ。バードフ氏のドイツ語の理解力はひどく低いが、自分がクラスで一番下ではないとわかって安堵する。全員で声を合わせて発音練習をする場面がたびたびあり、氏も勇んで声を出す。皆で苦労しながら学んでいくテキストの小話を、氏は面白がる。たとえばカールとヘルガが観光旅行に出かけてちょっとした事件に遭遇する、そんな話に生徒たちは何度も声をあげて笑う。

〈口ごもり〉

バードフ氏の隣の席はハワイから来た小柄な女で、彼女がフランスに旅行したときのことをつっかえつっかえ話す真っ赤な唇に、氏は見入る。生徒たちが口ごもりながらドイツ語を話そうとするのを、氏は愛らしいと感じる。弱みをさらけ出すとき、人は誰しもうぶで可愛くなるものだから。

〈バードフ氏、恋に落ちる〉

バードフ氏の中で、ハワイの女への思慕が徐々にふくらみはじめる。彼女の席は氏のすぐ前に移っている。授業のたびに、バードフ氏は彼女のニスを塗ったようにつややかな黒いポニーテールや、小さな肩や、自分の膝のすぐ先で椅子の背もたれと座部の隙間からつつましやかに突き出している尻の下部をしげしげと眺める。きっちり組んだ脚、苦心して質問に答えようとして上下に揺れる片方のフラットシューズ、字を書くときに規則正しくノートの上を動いていき、それからまた元に戻って見えなくなる華奢な手を、氏は食い入るように見つめる。

彼女が身につける色の一つひとつ、持っている物の一つひとつが氏の頭を占領する。夜ごと寝床の中で、氏は危機的な状況におちいった彼女を救い出す自分を思い描く。夢はいつも同じ道筋をたどり、初めての接吻の直前で終わる。

だがその恋心は本人が思っているよりもずっとはかなく、ある日長身でグラマラスなノルウェー人の女が教室にやって来た瞬間にあっけなく消滅する。

〈ヘレンの降臨〉

教室に入ってきて、腰を揺らしながら静まりかえったクラスの前をまわりこむ彼女を見て、ひどく巨大で扱いづらそうだとバードフ氏は思う。椅子のライティング・アームを押しやろうとして腰を後ろに引くと、反動で重たげに垂れた胸がエクサン・プロヴァンスの不機嫌な女の頭のお団子を崩す。生徒たちは道をあけてやろうとするが、椅子は三つずつボルトで留めてあって、息がそろわない。ヘレンの喉元から頬にかけて、ゆっくりと赤みがさしていく。彼女が自分の膝の前を窮屈そうにすり抜けて隣の空席に座ったので、バードフ氏はうれしくなる。彼女はバードフ氏と他のみんなに詫びるような笑みを向ける。彼女の脇の下、首筋、髪から、複雑にいり混ざった温かな匂いが流れてきて、その瞬間バードフ氏は格の一致も、語尾変化も、叙法も忘れ、顔を上げて教師のほうを見ても、目にはただヘレンの白い睫毛（まつげ）ばかりが浮かんでいる。

〈バードフ氏、ヘレンを銅像の後ろに連れこむ〉

最初のデートで、レオポルト・モーツァルトの銅像の後ろの濡れた芝の上で長時間くんずほぐれつした末に、ヘレンはバードフ氏に陥落する。氏はまず彼女を夜の公園に誘うのに苦労し、そのあと湿ったガードルを腰の上までたくし上げるのにはもっと苦労し、さらにすべてが終わり——盛大に唸ったり呻いたりしたあとで——ヘレンが当局や知り合いの誰かに見られたのではないかと心配するのを宥めるのがまたひと苦労だ。その点についてやっと安心すると、彼女はあと一つだけ質問する——あなたはまだ私を尊重しますか？

〈『タンホイザー』中のバードフ氏〉

バードフ氏は大いに気が進まなかったものの、ヘレンへの恋心から、ケルンのオペラハウスにワーグナーのオペラを観にいくことを承知する。つねづね十八世紀の単純明快さに慣れ親しんできた氏は、第一幕の途中で息が苦しくなりはじめ、桟敷席の硬い座席に座ったまま気絶してしまわないかと不安になる。スカルラッティの旋律の厳正な進行をたたき込まれて育った氏には、この曲が前に進んでいるという実感が少しも得られない。そしてまったく唐突としか思えないタイミングで、第一幕は終わる。

照明が点くと、氏はヘレンの表情をうかがう。彼女は口許にほほえみを浮かべ、額や頬がうっすら汗ばみ、料理をたらふく食べたあとのように、瞳は充足に輝いている。いっぽうのバードフ氏はといえば、すっかり気が滅入っている。

そこから先、バードフ氏は上の空だ。劇場の座席の総数を計算し、丸天井の内側に描かれた薄暗いフレスコ画に目を凝らす。ときおり隣のひじ掛けに置かれたヘレンの大きな手に目をやるが、彼女の邪魔をしてしまいそうで、触れることはできない。

〈バードフ氏と十九世紀〉

関係が終わりに近づくころには、バードフ氏は『ニーベルングの指環』を全曲通しで観、『さまよえるオランダ人』を観、さらにはシュトラウスの交響詩や、氏の目には無限にあるかと思われるブルッフのバイオリン協奏曲までも聴き、ヘレンによってすっかり十九世紀に引き込まれたような気持ちになる。それまで十九世紀を注意深く遠ざけてきたが、その豊穣さや絢爛さ、女性的な繊細さに触れてバードフ氏は驚く。さらにその後、ドイツを離れる列車の中で、ヘレンの月経中に性交をした夜――それは二人の関係が深まるきっかけとなった重要な一夜だった――のことを氏は思い出す。ラジオからはシューマンの『マンフレッド』が流れていた。ヘレンのねばつく血の中で絶頂に達したとき、氏は混乱した意識の中で、ヘレンの血とヘレン自身、それに十九世紀とは、深いところで確かにつながっていると感じた。

〈まとめ〉

バードフ氏はドイツに行く。建設現場の見える下宿屋に住む。昼食を心待ちにする。毎日たらふく食い、太る。学校に行き、博物館に行き、ビアガーデンに行く。金属のテーブルに腕をのせ、砂利を踏みしめながら野外で弦楽四重奏を聴くのを趣味とする。女たちについて夢想する。ヘレンと恋に落ちる。苦しくぎこちない恋。やがて芽生える情愛。明らかになるヘレンのワーグナー楽劇好き。バードフ氏は不幸にもスカルラッティのほうを好む。ヘレンの心の謎。

ヘレンの子供が病気になり、彼女は看病のためノルウェーに帰国する。婚姻関係を続けるかどうかはわからないと彼女は言う。バードフ氏は毎日欠かさず手紙を書き送る。自分がアメリカに帰る前に戻ってきてくれるだろうか？　彼女から届く返事はひどくそっけない。バードフ氏は彼女の手紙をなじる。彼女の返事はしだいに間遠になり、バードフ氏が望むようなことは何一つ書かれていない。氏は学校を修了し、アメリカに帰る準備を始める。独りパリに向かう列車の中で、氏は窓の外を眺め、心細い無力感に襲われる。ヘレンは眠っている子供のかたわらに座り、寝室の窓の外に目をやって、バードフ氏のことを考える。そこからさらに氏以前の恋人たちのことを思い出す、それと彼らの車を。

彼女が知っていること

彼女だけが知っていて他の誰も知らなかったが、彼女は本当は女ではなく男だった。しばしば太った男だったが、おそらくもっとしばしば年寄りの男だった。年寄りの男であるせいで、若い女でいることは彼女にとって苦痛だった。たとえば若い男と話すのは苦痛だった、その男が明らかに彼女に好意を寄せていたとしても。内心こう思ってしまうのだ——なぜこの若者は、こんな年寄りの男に言い寄ってくるのだろう？

魚

　女は魚を見おろして立ち、今日してしまった取り返しのつかない過ち（あやま）について考えている。魚はすっかり料理され、女はそれを前に独りぼっちだ。魚はまるごと彼女のものだ――家にはもう誰もいなくなってしまったから。だが今日はひどい一日だった。大理石の台の上でしだいに冷えていくこの魚を食べる気になんか、とてもなれそうにない。だが骨を抜かれ、銀色の皮膚をはがれてじっと動かない魚も、かつて経験したことのないほどの孤独をいま味わっている。完膚なきまでに蹂躙され、過ちをおかしたあげく自分をこんな目に合わせた女の疲れた目に、じっと見つめられながら。

ミルドレッドとオーボエ

昨夜、下の階に住んでいるミルドレッドがオーボエで自慰をした。オーボエは彼女のヴァギナの中でひゅうひゅう、ぴいぴい鳴った。ミルドレッドが呻き声をあげる。ずいぶん経って、もう終わったかと思ったころに、また叫びはじめた。私は寝床の中でインドについての本を読んでいた。ミルドレッドの喜悦が床ごしにここまで伝わってくるようだった。もちろん、そんな音ではなかったのかもしれない。ミルドレッドの中に入っていたのはオーボエではなく、オーボエを吹いている誰かだったのかもしれない。あるいは飼っている神経質な小型犬を、オーボエのような細長い楽器で殴っていたのかもしれない。

声の大きなミルドレッドは私の下の階に住んでいる。上の階にはコネチカット出身の若い女が三人住んでいる。一階の部屋には女ピアニストと二人の娘が、地下にはレズビアンの女たちが住んでいる。私は善良な市民で、母親で、夜は早く寝る。でもこんなアパートで、どうやって普通の生活を営めというのだろう。ここは飛びはね躍るヴァギナたちのサーカスだ。

十三のヴァギナに、たった一つのペニス——私の幼い息子の。

鼠

　まずはじめに詩人が鼠についての話を書く。月明かりの雪の上、鼠が彼の影の中に隠れようとする。鼠は彼の袖を這いのぼり、彼はそれが鼠だとはわからないまま、袖にくっついた何かを雪の上に振り落とす。そのそばには彼の猫がいて、彼女の影も雪の上に落ち、彼女は鼠を追いかける。という その話を一人の女が風呂の中で読んでいる。髪の半分は乾き、半分は湯の中で揺れている。女はその話を気に入る。

　その夜、女は眠れないので、台所に行って同じ詩人のべつの本を読もうとする。カウンターの前の丸椅子に彼女は座る。夜更けで、あたりは静まり返っている。ときおり遠くを列車が通りすぎ、踏切の手前で警笛を鳴らす。驚いたことに、といっても台所にそれがいることは前から知ってはいたが、鼠が一匹ガス台の鍋の下の火口（ほくち）から出てきて、鼻をうごめかせる。手足が棘のように細く、耳は意外なほど大きく、片目は閉じ片目は開いている。鼠は火口の受け皿に落ちていた何かを齧る。女が動くと鼠は素早く引っこみ、じっとしているとすぐにまた出てくるが、動くとまたゴム紐で引っぱられるようにさっとガス台の中に消える。女は本を読みながらときおり鼠を眺め、明け方の四時ごろ、まだ目は冴えていたが本を閉じ、寝床に入る。

朝、男が台所の同じ椅子、カウンター前の丸椅子に座る。男は若い猫を腕に抱き、大きな桃色の手で猫の首を支えて親指で頭のてっぺんを掻いてやり、女はその背後からのしかかるように立って乳房を彼の肩甲骨に押しつけ、彼の胸の前で両手を組んでいる。二人はカウンターの上にパンのかけらをばらまいたところで、匂いに誘われた鼠がうかうかと出てきたところを猫につかまえさせようとしている。

彼らはその姿勢のまま完璧な静けさに包まれている。男の指が猫の頭の上でやさしく動き、女がときおり頰を男の柔らかなかぐわしい髪に押し当ててはまた離し、猫の目があちらからこちらへ素早く行き来するほかに、動きはほとんどない。台所のどこかで何かのモーターが作動し、温水ヒーターのガスがふいに音を立てて着火し、丘の下のハイウェイを何台かの車がしゅんしゅん行き来し、表の通りで人の声が一度だけする。だが鼠は台所に誰かがいることを察知してか、出てこない。猫は空腹でじっとしていられなくなり、一方の前趾を伸ばし、ついでもう一方も伸ばし、男のゆるい抱擁をのがれてカウンターの上に飛び乗ると、自分がパンのかけらを食べてしまう。

家の中に勝手に入ってきたり人に入れてもらったりすると、猫はよくガス台横のカウンターの上に眠たげにうずくまり、鼠の出てきそうな火口のほうに目を向けている。さほど熱心に見張っているというほどでもなく、なかばは眠っている。もしかしたら鼠を狩ろうとする姿勢でじっと動かないという、その状態が気に入っているのかもしれない。じつは鼠を仲間のように思っているのかもしれない。ガス台の中で猫を見張るか眠るかしている鼠と、そのすぐ外にいる猫と。鼠はガス台の中で仔を産んでいたが、猫もいま腹の中に仔がいて、腹の柔毛（にこげ）の中で乳首がしだいに目立ちはじめている。

この猫を見ると、女はたまにべつのことを思い出す。

女は以前、田舎の大きくてがらんとした家に夫と住んでいた。部屋はだだっ広く、家具は空っぽの空間に呑みこまれていた。絨毯（じゅうたん）はなくカーテンも薄く、窓ガラスは冬になると冷えきって、陽の光も夜の電灯も白く冷やかで、むき出しの床や殺風景な壁を照らしても、部屋の暗さは少しも変わらなかった。

家は庭をへだてて二方向を木々に囲まれていた。いっぽうは鬱蒼として、丘の上まで続いっていた。森の中の丘のふもとのあたりには、水が鉄道の土手に堰き止められてできた沼があった。土手は線路も枕木もすでになく、若木にすっかり覆われていた。もういっぽうの木立はまばらで、その先が野原になっていて、鹿たちが木立を通って野原のねぐらに帰っていくのが見えた。冬は雪の上に鹿の足跡がついていて、たどっていくと、道路から跳びこんできた場所がわかった。寒くなると、木立や野原のほうから鼠が家の中に入ってきた。鼠は壁の裏を走りまわり、裾板のあたりで暴れたり細く鳴いたりした。女も夫も、いたるところに黒い糞が点々と落ちていることを除けば鼠がそう苦にならなかったが、壁の裏の配線をかじって火事の原因になることがあると聞き、駆除することにした。

女はホームセンターで鼠捕り器を買った。ぴかぴかした金属のコイルと真新しい生木でできていて、赤い字が印刷してあった。店員が仕掛け方を教えてくれた。バネが非常に強力なので、気をつけないと怪我をすると言われた。それをやるのは女の役目だった。こういうことをやるとなったら、やるのはいつも彼女のほうだった。夜、床に入る前に、女は自分の指をはさまないよう用心しいしい罠を仕掛け、朝、自分や夫が罠のことを忘れて台所に入ってきてうっかり踏んだりしない場所にそれを置いた。

二人はベッドに入り、女は起きて本を読んだ。夫が目を覚まして光がまぶしいと文句を言うまで、いつもそうして本を読んだ。夫はつねに何かに腹を立てていて、彼女が夜、本を読んでいれば、光のことで腹を立てた。夜が更けて、彼女がまだ寝床の中で眠れずにいると、罠のバネがばちんと閉じるような音がした。だが家の中が寒かったので、起きて見にいくことはしなかった。

朝、女が台所に行ってみると、罠は裏返って鼠が一匹かかっていて、ピンク色のリノリウムの床のあちこちに血がついていた。もう死んでいるかと思ったが、足で罠をつついてみると、まだ生きていた。鼠は首を罠にはさまれたまま、リノリウムの上でじたばたと身をよじりはじめた。夫もやって来たが、二人とも死にかけの鼠をどうしていいかわからなかった。ハンマーとか、何か重いもので殺してしまうのがいいだろうと二人は考えたが、もしどちらかがやるとすればそれは女の役目で、その勇気が彼女にはなかった。鼠に顔を近づけて見るうちに女は胸が悪くなり、死んだり、死にかけたり、手足をもがれた生き物を目の前にしたときに感じる恐怖で動揺した。二人は気が動転したまま、鼠に見入ったり、顔をそむけたり、台所を歩きまわったりした。空が曇ってまた雪がちらつきはじめ、台所に射してくる光は白く、どこにも影を作らなかった。

けっきょく女はそれを外に捨てることにした。家の外に出しておけば、そのうち寒さで死ぬだろう。彼女はちり取りを出してきて罠と鼠の下に差し入れ、それを持って足早に木のドアを開けて玄関に出、玄関を抜けて防風ドアを出、階段をおり、その間ずっと、また鼠が跳ねてちり取りから落ちてしまうのではないかと恐ろしかった。穴だらけのコンクリートの径を歩き、車寄せを通り抜け、木立の端まで着くと、凍った雪だまりの上に罠と鼠を放り投げた。たいして苦しんでいないだろうし、どのみち気絶しているはずだと思いこもうとした。鼠の感じ方はきっとちがうはずだ、人間が罠に首をはさまれて血を流し、白い雪だまりの上に横たわったまま凍えて死んでいくようには苦しまないはずだ。だが自信はなかった。それから彼女は、もう死んではいるが、霜で腐らずにいる鼠の肉を食べにくる動物はいるだろうか、と考えた。

彼らはその後、その罠を見にいかなかった。冬のなかばに夫が家を出て行き、女が一人でその家に住みつづけた。それから彼女は街に越し、家は学校教師とその妻に貸され、それから街に住む弁護士に売られた。女が最後に家の中を歩いたとき、部屋は相変わらずがらんとして暗く、壁紙のない壁に沿って置かれた家具は元とちがっているのに、やはりその空疎さに押しひしがれているように見えた。

手紙

女がそのことを持ち出すと、隣に寝ている恋人が、それはいつ終わったのかと訊ねる。一年ほど前に終わった、それ以上は何も言えない、と女は答える。恋人はしばらく続きを待ったあと、それはどんな風に終わったのか、と訊ねる。最悪の終わり方だった、と女は言う。彼は慎重に言う、自分はそれについて知りたい、きみに関することは何もかも知りたいと思っている、だがもしきみが話したくないのなら話さなくていい。女はほんの少し彼から顔をそむけ、閉じたまぶたにスタンドの光が当たる。最初はその話を彼にしたいと思っていたが、やはり無理だ、まぶたの裏に涙がこみ上げてくる。女は驚く。もう何か月も泣いたことなどなかったのに、今日はこれで二度めだ。

それが本当に終わったのだと心から納得することが、彼女にはまだできずにいる。他の人ならもう終わったと言うだろう、あの男はもう別の街に住んでいて、一年以上も連絡をよこさず、今は他の女と結婚しているのだから。男の消息はときどき彼女の耳にも入ってくる。誰かのところに彼から手紙が来て、金銭のトラブルはほぼ片づいた、雑誌を創刊しようと考えている、と書いてあったとか。その前には別の誰かから、彼が今は下町のほうに住んでいて、のちに妻となる女もいっしょらしい、と聞かされた。多額の電話料金を滞納しているため、その家には電話がないらしい。その時期、女のところにときおり電話会社が電話をかけてきて、男の居場所を知らないかと丁重に訊いてきた。別の友人は、彼が夜は港でウニを箱詰めする仕事をしていて、家に戻るのは明け方の四時らしいと教えてくれた。その同じ友人から、男がとある独り身の女性に、多額の金と引き換えに何かをしてあげることを申し出、その女性はいたくプライドを傷つけられて悲しんだ、とも聞かされた。

それより前、男がまだこのあたりで働いていたころには、女はよく彼のいるガソリンスタンドまで車で行き、言い争いをした。彼は蛍光灯に照らされた事務所でフォークナーを読んでいて、女が入っていくと、警戒する目つきで顔を上げた。言い争いは客が来るたびに中断され、彼女は男が車にガソリンを入れているあいだに次に言うべきことを考えた。そこに行かなくなったあとも、男の車を探してよく街を歩きまわった。いちど雨の日にバンが急に角を曲がってきて、長靴の足がもつれて溝にはまり、そのときはっきりと自分の姿を自覚した。

いい歳をしてゴム長靴をはいて、暗いなか白い車を探していて溝にはまった中年女。しかもこの女はまだ探す気でいるのだ、どこかの駐車場に駐まっている男の車をひとめ見たい、たとえ男が別の場所で他の女といっしょにいても、それで満足なのだ、と。その晩、女は長いこと街を歩きまわった。一つの場所を探し、それから街の反対側の別の場所を探し、するとそこまで移動する十五分のあいだに、つい十五分前までいた場所に男が車でやってきていたかもしれないと思い、そうして同じ場所を何度も何度も探したが、男の車は見つからなかった。

車は古い白のボルボで、丸みをおびた美しい形をしている。他の古いボルボはほぼ毎日目にする。何台かはベージュやクリーム色の、彼のに近い色で、何台かは彼のと同じ白だが、へこみも錆もない。ナンバープレートにKの字もないし、つねにシルエットでしか見えない運転者は、女か、眼鏡をかけた男か、彼ほど頭の大きくない男だ。

その春、女はある本を翻訳していた。翻訳だけが彼女にできることだった。タイプする手を止めて辞書を手に取るたびに、自分とページのあいだに男の顔が浮かびあがって新たな痛みが胸にのしかかり、辞書を置いてタイプに戻ると、彼の顔と痛みは消えた。痛みを遠ざけておくためだけに、女は一心不乱に翻訳をした。

その前の三月の終わり、とある混み合ったバーで、いつかは聞くだろうと女が思っていた、そして聞くのを恐れていたことを男は言った。女はとたんに何も食べられなくなったが、男の食欲は旺盛で、彼女の料理まで平らげた。彼は食事代を持っていなかったので、支払いは彼女がした。男は食事のあと、もしかしたら十年後には、と言った。もしかしたら五年後、と女は言ったが、彼はそれには返事をしなかった。

女は小切手を受け取るために郵便局に立ち寄る。すでに待ち合わせには遅刻しているが、金は必要だ。郵便箱に、男の筆跡で書かれた封筒が入っている。見慣れた字なのに、いやあまりに見慣れた字だからこそ、女にはとっさにそれが誰の字だかわからない。誰のものかに気づくと、歩いて車に戻りながら声に出して何度も悪態をつく。悪態をつきながら頭も働かせていて、貸してあった金の小切手が入っているのかもしれないと思いつく。男には三百ドル以上もの貸しがある。もし借金のことで彼が引け目を感じていたのなら、この一年間の沈黙の説明はつくし、もし返すだけの金ができたのなら、沈黙を破ったことの説明もつく。女は車に乗り、イグニッションにキーを差しこんでから封筒を開ける。中に入っているのは小切手ではなく、手紙でもなく、ていねいな字で書き写したフランス語の詩だ。詩はcompagnon de silence（沈黙の友）という言葉で終わっている。それから彼の名前がある。よく知らない人たちとの会合に遅れそうなので、全部は読まない。

ハイウェイに向かうあいだも、女は彼に悪態をつきつづける。手紙を送ってきた彼が腹立たしく、手紙をもらったとたん喜んだ自分も腹立たしく、その喜びがまた痛みを呼び覚ましたことも腹立たしい。そして何をもってしてもその痛みを償うことができないのが腹立たしい。だがもちろんそれはただの詩であって、手紙とは呼べないようなものだし、詩はフランス語で書かれていて、しかも別の誰かによって創られたものだった。女にはその詩の種類も腹立たしい。そして、おそらくこの手紙にどうやって返事をするかをあとであれこれ考えることになるだろうが、うまい方法などないことが今からわかってしまっていることも腹立たしい。目眩がして、胸がむかむかしはじめる。女は速度を落として右端の車線を走り、目眩を追いはらうために首筋を強くつねる。

その日はずっと他人といっしょにいたので、手紙を読み返すことができない。夜、一人になってから、女は翻訳の仕事をする。難解な散文詩だ。恋人から電話があり、彼女は翻訳の難しさについて話すが、手紙のことは言わない。仕事を片づけると、女は丹念に家の掃除をする。そしてバッグの中から手紙を出し、じっくり読むために寝床に入る。

女はまず消印を調べる。日付も時刻も街の名前も鮮明に読める。ついで住所の上に書かれた自分の名前をじっと見る。苗字を書くとき少しためらったのだろうか、一つの文字の曲線のところに、小さなインクのだまがある。住所は若干まちがっていて、郵便番号が正しくない。それから男のファーストネーム、じっさいにはイニシャルだけだったが、そのきれいなGの字、それに続く彼の苗字を見る。その後に彼の住所があり、女はなぜこれを書いたのだろうと考える。返事がほしいということだろうか。それとも彼女がまだここに住んでいるかどうかわからなくて、届かなかった場合それがわかるように返送先を書いたのだろうか。そっちのほうがありそうだ。住所の郵便番号は、消印の郵便番号と異なっている。家から離れたところから投函したのだろう。書いたのも別の場所だろうか。だとしたらどこだろう。

封筒を開け、ぱりっとした新しい紙を開く。細かく見ていくと、いろいろと気づくことがある。紙の右上の隅に、五月十日の日付が書いてあるのだが、本文よりも小さく太く、押し縮めたような字で、前なのか後なのか、ともかく本文とは別のときに書いたように見える。まず日付を書き、そこで手を止め、唇を結んで考える、あるいは詩を引用するべく本を探しにいく――いやたぶんそうではないだろう、これを書こうと机に向かったときには、すでに本は手元に用意していただろうから。あるいは本文を書き終えてから、日付も入れようと思いつく。本文を読み返し、それから日付を入れる。これもいま気づいたが、まず一番上に彼女の名前、その後ろにコンマがあり、それから詩の最後に彼の名前が、彼女の名前と行をそろえるように書いてある。日付、彼女の名前、コンマ、その後に詩、そして彼の名前、ピリオド。つまり詩がそのまま手紙になっているのだ。

そういったことをひととおり見てから、詩をあらためてていねいに、何度か読みなおす。一か所、判読できない単語がある。それは行の最後の言葉だったので、詩の韻の型を見ると、それが「純粋」pures（〝純粋な思い〟）と韻を踏んでいるとわかり、そこから読めなかった言葉は「暗い」obscures（〝暗い花〟）だろうと推測する。八行からなる連の最終行の冒頭の二単語も読めない。他の箇所で大文字の書き方の癖を見て、そこから最初の大文字はL、単語は「月」La lune だろうと当たりをつける。月は優しく慈悲深い、aux insensés——狂える者たちにとっては。

まっ先に目に入り、そしてハイウェイを北に向かう車の中でも記憶に残っていたのは compagnon de silence「沈黙の友」というフレーズ、それから手をつなぐ云々というくだり、それから緑の草原、フランス語では prairies、月、そして苔の上で死ぬという部分だった。そしてそのときは見えなかったがいま新たにわかったのは、二人は——詩の中の二人は——死んだということ、それからふたたび出会う nous nous retrouvions ということ、出会うのはどこか上のほうにある広大な immense 場所で、おそらくそれは天国なのだろう。二人は泣きながら互いを見つけた。そしてそこで詩は終わったような形になっている——私たちは泣きながら互いを見つけた、沈黙の友よ。彼女は retrouvions の一語をじっと見つめ、本当にその手書きの文字がそう綴(つづ)られているのかどうか、たしかに「ふたたび出会う」という意味の言葉なのかどうかを確かめる。その一語に全神経を集中させるうちに、自分の中の何もかも、部屋にある何もかも、そして人生の何もかもが目の奥の一点に集約されていき、それらすべての命運が、ちょうどいい具合に傾いたインクの一行に、おあつらえ向きに丸みをおびた別の一行に、掛かっているような気がしてきた。もしもこれが本当に retrouvions であるなら、八百マイル離れた場所にいる男が、二人の再会がまだあり得ると——十年後、あるいは五年後に、いやあれからもう一年が過ぎているのだから九年後か四年後に——考えているといっていいことになる。

だが気になるのは死ぬことについて書かれたくだりだ。もしかしたらこれは男が二人の再会を本気では望んでいないという意味なのかもしれない、なぜなら二人ともすでに死んでいるのだから。あるいは再会するとしてもずっと先なので、今生では実現しないということなのかもしれない。あるいは絆や、沈黙や、泣くことや、物事の終わりについての男の気持ちに最も近い詩を探したらこれだったというだけで、彼の考えとこの詩は完全にイコールではないのかもしれない。あるいはフランス語の詩の本を読んでいたらたまたまこの詩を見つけて一瞬彼女のことを思い出し、これを送ることを思いつき、深い意味もなくぱっと書いて送っただけなのかもしれない。

女は手紙を折りたたんで封筒の中に戻し、胸の上に置いて手でおさえて目を閉じる。やがて明かりをつけたまま眠りに落ちる。夢うつつのなかで、もしかしたら男の匂いがまだ紙に残っているかもしれないという考えが浮かび、目を覚ます。封筒から手紙を出して開き、下のほうの広い余白に鼻をつけて深々と吸いこむ。何の匂いもない。ついで詩の部分を嗅ぐ。何かが匂うような気もするが、たぶんただのインクなのだろう。

ある人生（抄）

〈幼少期〉

私はバイオリン工場で育ちましたから、兄弟姉妹と喧嘩をするときは、よくバイオリンで叩きあいをしたものです。

〈思ったら、実行せよ〉

たくさんの人はしばしば考えます、「あれをしよう、これをしよう」と。

〈日本の詩人、イッサ〉

幼いころ、私は学校で日本の詩人イッサのハイクを学びましたが、いっときもそれらを忘れたことはありません。

おお、わが故郷よ
　昔よく作った団子よ
　　春の雪もいっしょに。

〈大人たち〉

私は子供たちなしには生きられませんが、大人たちも愛します。なぜなら彼らには大いに共感できるからです――「ああ、この人たちもやっぱり死ぬのだ」、と。

〈トルストイとの出会い〉

ある日、私がいつものように父のバイオリン工場に行きました。そこに千人ほどの従業員がおりました。事務所に行くと英語のタイプライターがあったので、キーを打っていました。そこに輸出係の主任さんが入ってきました。「やあ、シンイチ大先生！」

私はちょっとキーに触ってみただけだ、と嘘を言いました。「ああ、そうですか」主任さんはそう言っただけでした。

弱虫め、と私は内心思いました。なぜ本心を偽ってしまったのか？

私は自分に激しい憤りを感じつつ本屋に行きました。そこでトルストイの『日記』と運命的に出会ったのです。何気なく開いたページに、こうありました。「自分を裏切ることは、他人を裏切るよりも悪いことである」。その厳しい言葉は、刃物のように私の芯に突き刺さりました。

それから数年ののち、二十三歳でドイツに留学をしたとき、私のポケットの中にはこの本がありました。

〈小さなエピソード〉

少し自慢話になりますが、小さなエピソードを一つ話しましょう。

そのころ私はトルストイの影響を強く受けていました。

一九一九年でした。春のはじめに、生物学の調査旅行に同行しないかという誘いの手紙を思いがけず受け取りました。全部で三十人の探検隊が、船に乗り込みました。

そのころ、バイオリンは私から切り離せないものになっていました。それはすでに私の体の一部でした。

われわれの船が島々を巡りました。浜辺を並んで歩いていたら、険しい崖の上に見たこともないような紅青色の苔が生えていました。

「私はあの苔を何としても採りたい」エモト教授が、崖を見上げて悲しそうに言いました。

「僕がここから採ってあげましょう」私はそう自慢げに言って、探検隊の一人から小さなスコップを借りました。

しかし苔は思っていたよりもずっと高いところに生えていることがわかりました。やんぬるかな！　と私は思いました。

隊の全員が注視するなか、私はスコップを投げつけました。

「おお、これは見事だ、素晴らしい！」とみんなは叫びました。

みんなの拍手喝采を聞きながら、私は内心このような馬鹿なことは二度とすまいと心に思いました。

〈私は芸術の神髄を知った〉

芸術ははるか彼方にあるものではありません。

〈アインシュタイン博士がわが後見人に〉

私は白髪の未亡人が年老いた女中と住む家に下宿をしました。女主人も女中も耳が遠かったので、私がどれほどバイオリンを弾いても苦情を言いませんでした。

「私はこれから君の面倒を見ることができなくなるでしょう」医学部教授のＭ博士が私にそう言いました。「ですから友人に君を監督するよう頼んでおきました」その友人というのは、のちに相対性理論を発表することになるアルベルト・アインシュタイン博士でした。

〈あまりにも見事な巨匠の演奏〉

アインシュタイン先生の十八番、たとえばバッハのシャコンヌなどは、それは素晴らしいものでした。私がどんなに自然にやすやすと弾こうと努力しても、先生の演奏に比べると、終始奮闘努力しているようにしか見えませんでした。

〈「人間はみな同じですからね、奥さん」〉

とあるパーティーで、一人の老婦人はこんなことを言いました。日本人の演奏なのに、ブルッフのドイツ人魂をたしかに感じられるのが、わたしには不思議でなりません。

少しの沈黙のあと、アインシュタイン博士が静かに言いました。「人間はみな同じですからね、奥さん」

私は言いようのない感動をおぼえました。

〈モーツァルトから直に命を受けていると感じた〉

その夜の演奏会の演目はすべてモーツァルトでした。クラリネット五重奏を聴いている最中に、かつて起こったことのないことが私に起こりました。両腕が動かなくなったのです。演奏が終わり、拍手をしようとしましたが、だめでした。体の中で血が燃えました。その夜は一睡もできませんでした。モーツァルトはそれまでも私を不滅の光で照らしてくれていましたが、いまはそのモーツァルトから直に命を受けていると感じました。彼は自分の悲しみを、短調のみならず長調によっても表したのです。生と死、その避けがたい自然の業務。私は愛の喜びで満たされて、悲しみを捨てました。

〈でかしたぞ、若者〉

私は自分のやりたいことをやっていたのです。

父は箸を持つ手を途中で止め、目をきらきらさせて言いました。「でかしたぞ、シンイチ！」

設計図

丘の中腹を横切る道からその土地を指で示され、私は即座に買いたいと思った。もし不動産屋が何かマイナス要因を言ったとしても、その時はたぶん聞く耳を持たなかっただろう。目に映る美しさに感覚が麻痺していた。長い谷に横たわる真紅のブドウ畑は、夏の終わりの雨で半ば水びたしになっていた。遠くの黄色い野は草とアザミでむせかえり、その向こうの丘は森に覆われていた。谷の中央、野よりも高いところに、その廃農家はあった。桑の木が石塀を突き破って伸び、その隣では梨の老木が、地面に落ちて朽ちた果実の絨毯の上に影を落としていた。

不動産屋は車に寄りかかったまま言った。「なんとか住める部屋は一つだけ。内部(なか)は恐ろしく汚いです。家の中で家畜を飼っていたのでね」私たちは歩いて家まで行った。

床のタイルには糞が厚く積もっていた。壁石の隙間から風が吹いてくるのが感じられ、高い屋根からは日の光が洩れていた。それでも私の決心は変わらなかった。その日のうちに契約を済ませた。

ずっと前から、土地を見つけてそこに家を建てることを夢見ていた。そのことだけのためにこの世に生まれてきたのだと思うほど、想いは強かった。欲望が芽生えた瞬間から、私は全精力をその実現に注いできた。学校を出てすぐに就いた仕事は、退屈なうえに心が削られる類のものだったが、職場での地位が上がるにつれて給料も徐々に増えていった。出費を切り詰めるために極力なにもせず、友人を作ることも娯楽をすることも自分に禁じた。長い年月の末に、仕事を辞められるだけの金が貯まると、土地を探しはじめた。いろいろな不動産屋が私をさまざまな場所に案内した。あまりにいくつも土地を見すぎたせいで、しだいに頭が混乱して、自分が何を求めているのかわからなくなった。眼下に広がるこの谷を見たときは、やっとこの重圧から自由になるのだと安堵した。

夏の日差しが野をあたためているあいだは、煤で黒くなった重厚な部屋に住んで満ち足りていた。私は部屋をきれいに掃除し、家具を配し、一方の隅に製図台を置いて、この家を改築するための案をそこで練りはじめた。作業の合間に目を上げると、オリーブの葉に陽光が降り注ぐのが見え、誘われるように外に出た。家の周囲の草を踏みしめながら、生まれてこのかた都会でしか暮らしたことのなかった男の、疲れた、希望に満ちた目で、タイムの茂みのあいだを跳びまわるカササギや壁の中に這いこむトカゲを眺めた。嵐の日には、窓の外の糸杉が風に身を屈めるのが見えた。

やがて秋の冷気がやってくると、猟師たちが家の近くをうろつくようになった。鉄砲の爆発音を聞くたびに恐怖で体が凍った。隣接する野の下水処理場の排水管がひび割れし、ひどい悪臭があたりにたちこめた。私は暖炉に火を入れたが、部屋はいっこうに暖かくならなかった。

ある日、窓の光をさえぎって若い猟師が立ちはだかった。革の上着で、ライフルを持っていた。私の姿をちらっと見ると、ドアのところまで行ってノックもせずに開けた。男は戸口の逆光の中に立ち、無言で私を見た。瞳は濁った青、赤い顎ひげはまばらで、地肌が透けて見えていた。私はとっさに少し知恵が足りないのではないかと思い、怖くなった。男は何もしなかった。部屋の中のものを眺めまわすと、物も言わずに出ていってドアを閉め、行ってしまった。

私は怒りに震えた。まるで動物園を歩きまわるように、男はこの小さな石の檻の中に入ってきて、私を無遠慮に見物したのだ。だが辺鄙(へんぴ)な土地に独りきりで暮らす私は、好奇心をかき立てられもした。数日とたたないうちに、彼の再訪を心待ちにするようになった。

男はふたたびやって来た。こんどはためらわずにドアを開け、入ってきて椅子に座ると、話しだした。土地の訛(なま)りが強すぎて、何を言っているのかわからなかった。彼は同じフレーズを二度繰りかえし、さらにもう一度言い、それでも私にはだいたいの意味を推し測ることしかできなかった。私が何か返事をすると、こんどは彼が私の都会の言葉を理解できなかった。私はあきらめて、ワインを一杯すすめた。だが彼は断った。そしてややおずおずと椅子から立ちあがると、部屋の中のものを近くから眺めはじめた。まず本棚を眺め、それから壁にいくつも掛けられた、私が特別気に入っている家々の額入り写真を眺め――パリのヴォージュ広場のものもあれば、モンパルナスの裏の貧民街もあった――最後に製図台の前で足を止めると、指を一本上げて私の教えを待った。家を自分の手で一から設計している、ということを彼が理解するまでに長い時間がかかった。だがいったんそうとわかると、彼は家の図面すれすれに指をさまよわせ、部屋の壁の一つひとつをなぞりはじめた。そうしてすべての線をなぞって検分しおえると、私のほうを見て口を閉じたまま笑み、どういう意味なのか、何か企むような横目になると、いきなり家を出ていった。

私はまた腹を立てた。家に勝手に押し入られ、秘密を盗まれたと感じた。だが怒りがしずまると、また戻ってきてほしいと思うようになった。彼は次の日戻ってきて、数日後、強風を押してまたやって来た。私はしだいに彼の来訪を楽しみに待つようになった。彼は毎朝うんと早くに狩りをして、狩りを終えたあと、週に何回か、白土が朝日に染まる農地を横切ってやって来た。顔をつややかに輝かせ、体じゅうにみなぎる力を自分で抑えることができないらしく、何分かおきに急に椅子から立ちあがり、ドアのところまで歩いていって外をのぞき、調子はずれな口笛を吹きながら部屋の中ほどまで戻ると、また腰を下ろした。活力がしだいにおさまり、やがて完全に消えると、彼もいなくなった。飲み物も食べ物もけっしてとろうとせず、私にそれを勧められたことに驚いたような顔をした。飲食を共にするのはもっとも親密な行為だとでも思っているようだった。

意思の疎通はあいかわらず難しかったが、私たちはしだいにいっしょにできることを見つけていった。彼は私の冬支度を手伝って、壁の隙間を埋めたり、暖炉用の薪を積んだりした。ひと仕事終えると、連れ立って野や森に行った。友は自分のとっておきの場所に私を案内した——サンザシの茂み、ウサギの巣穴の集落、丘の洞窟など——私のほうは一つしか見せるものがなかったが、彼はそれを私と同じように面白がり、ふしぎがっているようだった。

訪ねてくるたび、彼はまっさきに製図台のところに行き、あらたに部屋が付け加えられたり、書斎の面積が拡張されたりした家の図面を見た。私の計画はとどまるところを知らず、それに手を入れることにほとんど一日じゅうを費やしていたので、来るたび何かしら新しい変化があった。時には彼みずから鉛筆を取って、私にはとても思いつかないようなもの、たとえば燻製小屋や地下の貯蔵室などを不器用に描き加えるようになった。

だが家の計画と友を得た喜びに目がくらんで、私はある恐るべき事実を見のがしていた——この土地に長く住んで、無為に時間を費やせば費やすほど、家を建てる計画の実現は危うくなっていくということに。貯えはどんどん目減りしていき、それといっしょに夢も遠のきつつあった。村はどの市場からも遠く、食料品の値段は都会の倍だった。いくら私が痩せているとはいえ、これ以上食事を減らすのは不可能だった。腕のいい石工や大工はもちろんのこと、腕の悪いのでさえ、ここでは数が少ないうえにひどく高くついた。二、三人を数か月雇えば、その後暮らしていく金はなくなってしまう。そのことに気づいてもまだあきらめなかったが、答えは見つからず、悩みは私の胸に重くのしかかった。

始めた当初は、それを元に家を建てるつもりでいたから、家の設計図に時間と精力のすべてを注ぎこんだ。やがて私の中で、図面のほうが実際の家よりも現実味を増していった。私はしだいに自分の引いた鉛筆の線の中で長い時間を過ごすようになり、それは私の意のままに形を変えた。だが、家を建てる可能性はもうないと正面きって認めてしまえば、設計図は意味を失ってしまう。だから家は建つと信じつづけるいっぽうで、その土台となる実現の可能性はじりじりと蝕まれていった。

さらに私を追い詰めたのは、村の周辺に新しい家が数か月おきに建ちはじめたことだ。ここを買った当初は、谷にある建物といえば、石造りの粗末な小屋だけだった――洞窟のように中が暗く、床は土間で、そういうのが一つの農地ごとに一軒ずつ、ぽつんとうずくまっていた。書類にサインを済ませたあと、私は家に取って返し、何エーカーもの荒れ果てたブドウ畑や草に覆われた農地、そして地平線のあたりの小さな丘の上に載った城のような村とその頂（いただき）にひしめく教会の尖塔を満ち足りた思いで眺めたものだった。いまやその景色のそここに赤土が傷口を開き、数週間もすると新たな家がかさぶたのように出現した。風景がその変化を受け入れなじむ暇はなかった。一軒の工事が終わったと思ったら、すぐにその右や左でオークの木々が伐採され、新たな家が建ちはじめた。

そのうちの一軒ができあがっていくさまを、私はひときわの恐怖と危惧とともに見守った。私の家から歩いてほんの数分の場所に建ちはじめたからだ。まるで当てつけのように迅速にそれができていく様子に、私は自分があざ笑われているようで、気が気ではなかった。壁がピンク色で、安っぽい鋳鉄の格子が窓にはまった悪趣味な家だった。家の脇のむき出しの地面に最後に若木が一本植えられて家が完成すると、家主たちが都会から車でやって来て万聖節のあいだ滞在し、オペラの特等席のようにテラスに座って谷を眺めた。それ以来、彼らは天気さえよければ毎週のようにその家にやって来て、のどかな田舎にラジオの騒音を響きわたらせた。私はそんな彼らを自分の家の窓から苦々しく眺めた。

何よりも耐えがたかったのは、それを境に私の友が週末ぴたりと訪ねてこなくなったことだ。きっと彼の心は私から隣人に移ってしまったのだろう。隣家の庭先に、友が彼らとともに静かに立っているのを遠くから見かけたことがあった。ひどくみじめな気分だった。今の自分が絶望的な状況にあることを、ついに私は認めざるをえなくなった。その時はじめて、この土地を売って一からやり直そうという考えが浮かんだ。

もしかしたら他の都会の人間がここを高く買ってくれるかもしれないと私は思った。だが不動産屋を訪ねていくと、彼はにべもなく、あの土地は隣に下水処理場があるし、家がとても住めたものではないので、売り物にならないと言った。さらに続けてこうも言った。ただし私の隣人ならこの話に興味を示すかもしれない、彼らは私の存在をつねづね疎ましく思っているから、私を追い払うためだけに、うんと安くならあの土地を買い取ってくれるかもしれない。彼らの庭先から見える私の家はひどく目障りで、泊まりにきた客たちの手前恥ずかしいのだと、隣人は不動産屋にこっそり打ち明けたという。私は衝撃を受けた。いちばん強い気持ちはもちろん、絶対にあいつらには売るものかというものだった。連中にそんないい思いをさせるのはお断りだ。私は不動産屋に背を向け、物も言わずに出ていった。ドアの外で立ち止まって考えこんでいると、不動産屋が別の部屋に入っていって妻に何か言い、大声で笑うのが聞こえた。わが人生最悪の日だった。

それから数週間が過ぎたが、友はまったく訪ねて来ず、理由すらも言ってよこさず、私の恨みは頂点に達した。気持ちがどこまでも沈みこみ、もう家を建てることはあきらめて、都会でふたたび働く以外にないと考えるようになった。会社の上司たちは、長時間労働に耐え、かついつ果てるともなく続く込み入った業務に取り組むことのできる人材を、私以外に見つけられずにいた。これまでにも何度か手紙をよこし、給料を上乗せするから戻ってこないかと言ってくれていた。昔の生活に逆戻りするのは簡単だろうと私は思った。そうなれば、この田舎での暮らしは長い休暇だったということになるのだろう。私は自分に暗示をかけ、自分は都会が恋しいのだ、とりわけ仕事が面倒だった日の終わりによく酒をおごってくれた職場の同僚たちにまた会いたいのだ、と無理に思いこむことに、束の間成功した。私は土地を隣人に売ってくれるよう不動産屋に伝え、これでよかったのだと自分に言い聞かせた。だが私の心は出ていくことを望んでいなかった。自分が別の誰かになってしまったような気分で荷物をまとめ、最後にもう一度だけささやかな地所内を歩きまわった。

家の玄関前に置いたスーツケースが早朝の光を浴び、私が雇ったタクシーががたごとと揺れながらこちらに近づいてくるのが見え、いよいよ本当に出ていくという段になって、もしかしたら事を急ぎすぎたのではないかという気がしてきた。かつて友だったあの若者に何も言わずに去るのはまちがいなのではないか。彼の名前すらまだ知らないのだ。私はタクシーの運転手に金を払い、翌日の同じ時刻に出直してきてくれと言った。運転手はけげんそうに私を見て、来た道を帰っていった。土埃（つちぼこり）が車の後ろに舞いあがり、そして消えた。私はスーツケースを家の中に運び、腰をおろした。どうすれば彼を捜し出せるだろうと考えているうちに、自分がどうしようもない馬鹿者だったことに気がついた。これではこの厭わしい環境で、さらに一日を無駄に費やすことになるではないか。あの男を見つけることはできないだろう。会社の上司たちは私が現れないことにとまどい、私の身を案じて何とか連絡を取ろうとし、うまくいかずに途方に暮れることだろう。朝の時間が過ぎていくにつれ、私はますます落ち着きをなくし、自分に腹を立てた。ひどいまちがいを犯してしまったと思った。わずかな慰めは、翌日にはすべてが当初の予定どおり前に進み、この一日もけっきょくはなかったのと同じになるとわかっていることだった。

長く暑い午後、小鳥たちはイバラの茂みで飛びまわり、土は甘く蒸れた匂いをたてた。空には雲ひとつなく、太陽が地面に黒い影を作った。私は背広を着たまま家の壁に寄りかかって座り、そうした景色の美しさにも心を動かされなかった。心はすでに都会にあり、こんな田舎に閉じこめられているのがもどかしかった。夕食どきになっても食べるものはなかったが、歩いて村まで行く気にはなれなかった。横になったが寒さとひもじさで眠れず、何時間かしてやっと眠りに落ちた。

夜明け前に目が覚めた。空腹で胃の中に石が詰まっているようで、駅で朝食をとるのが待ち遠しかった。窓の外は黒一色だった。風が起こって木の葉を揺らし、黒い茂みの向こうで空が白みはじめた。木々の葉が少しずつ色づきはじめた。森の中や家の近くで、鳥たちが高く低くさえずる声が四方から聞こえてきた。私はその歌声にじっと耳をかたむけた。最初の太陽の光が茂みを照らすと、家の外に出て腰をおろした。タクシーが来るころには、心がすっかり安らかな気分で満たされ、どうしてもここを離れる気にはなれなかった。しばらく悪態をついたのち、運転手は走り去った。

午を過ぎ、夕方になるまで、私は前日と同じく背広姿で家のかたわらに座っていたが、もはや焦りも、どこかに行きたいという気持ちも消えていた。ただ目の前を過ぎ行くものに――茂みの中に消える鳥や、石の周りを這う虫に――見入っていた、まるで透明人間になったように、まるでそれを見ている自分はそこに存在していないかのように。いやもしかしたら、本来いるべきでない場所、誰からもそこにいることを期待されていない場所にいる私は、自分自身の影にすぎなくなっていたのかもしれない――自分から一歩遅れて、光の中に捕らわれた影に。すぐに紐がぴんと引っぱられ、私は瞬時に自分に追いつき、ここからいなくなるだろう。だがそれまでのあいだ、つかのま私は自由だった。

日が暮れても空腹は感じなかった。目眩に似た充足感のなかで、いつまでもそこに座り、じっと動かなかった。寒さと暗さに追い立てられて中に入って横になり、荒々しい夢を見た。

翌朝、いちばん近い農地の向こうの端に人影が一つあらわれ、ひどくゆっくり歩いていくのが見えた。長いあいだ空っぽだった目が満たされたような気がした。自分でも気づかないうちに、私は友を待っていたのだ。だが彼ののろのろとした足取りは不自然で、見ているうちにしだいに不安になってきた。彼は畝を刻まれた地面を行きつ戻りつし、ときおり猟犬が匂いを探すように鼻を上に向け、行き先すらもおぼつかないようだった。私は彼を迎えに歩きだしたが、近づいていくと、彼が頭に包帯を巻き、土気色のひどい顔をしているのが見えた。そばまで行くと、彼はぼんやりした目で、見ず知らずの人間を見るように私の顔を見た。私は彼の腕を取って歩かせた。家に着くと、彼は私を押しのけてベッドに横になった。憔悴し、小きざみに震えていた。ごっそりと体の肉が落ち、頬が落ちくぼみ、手は鉤爪のようだった。熱に浮かされたような目をしていたので、村まで医者を呼びにやろうかと無謀なことを考えた。だが荒かった呼吸が落ちつくと、彼は静かな声で語りはじめた。何ごとかを長々と説明するのを、私は理解できないままベッドの横に座って聞いていた。両手で何度か仕草をしてみせ、それでやっと、彼が猟の最中に事故にあったのだということがわかった。私が彼のことをさんざん恨み憎んでいたこの何週間かのあいだ、彼はずっとどこかの病院で臥せっていたのだ。

　彼はなおもとめどなく話しつづけたが、私はしだいに聞いているのが苦痛になってきた。私は苛立ち、じっとしていられなくなった。そしてついに我慢がならなくなり、ぎこちない足つきで部屋の中を行ったり来たりした。すると彼はやっと話すのをやめ、窓の下の一角を指さした。そこには窓のほかに何もなく、最初は意味がわからなかった。だがやがて、彼が指さしていたのはすでに片づけてしまった製図台で、家の設計図を見たがっているのだと気がついた。荷物から図面を出して彼に渡した。まだ何か欲しがっているようだった。ポケットに鉛筆があったので、それも持たせた。彼は図面に何か描きこみはじめた。紙はたちまち複雑な図形ですみずみまで埋め尽くされた。かたわらに立って覗きこんでいるうちに、幾重にももつれた線の中に、一つの塔と扉らしきものが見えてきた。紙がいっぱいになったので新しい紙を渡すと、彼はさらに描きつづけた。休むことなく手を動かして彼が描き出すものは複雑かつ精緻で、長く孤独な日々のなかで考えられ、育まれてきたものであるのがわかった。やがて疲れて鉛筆を動かせなくなると、彼は眠った。夕方、私は彼を残したまま村まで食料を買いに行った。

村から戻り、農地の向こうのわが家を眺めると、目に映る紅い風景は、私と切っても切り離せないものだという気がした——まるで私がここを見つけるずっと前から私のものであったかのように。ここを去るのはまったく馬鹿げたことのように思えた。ここ数日のあいだに怒りも失望も消え失せ、いちばん最初にそうであったように、目に入るすべてのものは単なる外皮か殻にすぎず、いずれは剝がれ落ちて中から完璧な果実があらわれるのだと思えた。体は疲れていたが、頭は先へ先へと思いを走らせた。私は家の横の土地を切り開いて牛小屋を建てた。白黒の牛を何頭か入れ、地面をメンドリたちがせわしなく駆けまわった。地所の境目に糸杉を一列に植えると、隣の家は見えなくなった。壊れた石塀を崩し、その石を使って自分のために屋敷を建て、それが済むと、誰もが羨むような堂々たる出来ばえを眺めた。私の夢が、当初の予定通りに現実になるのだ。

私は熱に浮かされているのかもしれなかった。何もかもがこんなふうにうまくいくはずはなかった。だが畝の低いところを一歩踏んでは深く沈みこみ、次の一歩でまた高くのぼり、そうやって苦心しながら耕地を歩んでいく私は幸せで、すぐにまた失意と焦燥がイナゴの大群のように空を黒く覆って襲いかかってこようとは、どうしても信じられなかった。夜は澄みわたり、光はすべらかに柔らかく、大地は麻痺したように動かず、そのはるか底を歩いていく私のほかに、動く者はいなかった。

とても無口で、痩せて小柄で、ほとんどそこにいないかのようだった。義理の兄。誰の義理の兄なのかはわからなかった。どこから来たのかも、いつか出ていくのかも。

彼らはソファのへこみや重ねたタオルの乱れを探したが、義理の兄がどこで眠っているのか見当もつかなかった。匂いもどこにも残っていなかった。

彼は血を流さず、涙をこぼさず、汗をかかなかった。完璧に乾いていた。小便すらも、ピストルから発射された弾のようにペニスを離れると、ほとんど出発すると同時に便器に落ちた。

姿はほとんど見えなかった。彼らが部屋に入っていくと、入れちがいに敷居をするりと越え、ドア枠の角を曲がり、影のように消えてしまった。たてる音といえば吐息ぐらいのもので、それすらも外の砂利を渡るそよ風ではないという確証はなかった。

彼から家賃を受け取ることはできなかった。金は毎週置いておくのだが、彼らがどたどたと部屋に入っていくと、金は祖母の絵皿の上で緑と銀の霧に変わり、手を伸ばす前に消えてしまった。

どのみち義理の兄はまったく金がかからなかった。何か食べているのかどうかもわからなかった。あまりに少食すぎて、大食漢の彼らから見れば無に等しかった。彼は夜、白く華奢な手によく切れるカミソリを持ってどこかから現れると、肉やナッツやパンを薄く削ぎ、紙のように薄い皿の上に、持ちきれなくなるまでのせた。カップに牛乳を注ぐが、小さなカップなので、ほんの一オンスか二オンスしか入らなかった。

食べるときは音をたてず、何ひとつこぼさずにきれいに食べた。口もとをナプキンでぬぐっても汚れはつかなかった。食べおわったあとの皿はしみひとつなく、マットには食べかすひとつなく、カップには牛乳の痕もつかなかった。

あの年の冬の厳しささえなければ、あと何十年でもそうして暮らしていたかもしれない。だが彼は冬の寒さに耐えきれず、しだいに薄まりはじめた。しばらくのあいだ、義理の兄がまだ家の中にいるのかどうか誰にもわからなかった。確かめる手だてはなかった。だが春が訪れたある日、彼らは客間を掃除した。そこはたしかに彼が寝起きしていた場所だったが、いまや彼はただの湯気のようになってしまっていた。彼らはマットレスから彼をはたき落とし、床から彼を掃き出し、窓ガラスから彼を拭き取り、自分たちのしたことに気づきもしなかった。

W・H・オーデン、知人宅で一夜を過ごす

彼ひとりが目覚めている、寝静まった家の中、通りは暗く、上掛けごしにのしかかる冷気、彼は家の人々を起こしたくない、だからまず寝床の中に温かな洞（ほら）を求め、胎児のように丸くなり……。

じきに床の上を椅子のところまで忍んでいく彼、その上にあぶなっかしく立ち、窓のカーテンをはずし、ベッドの上掛けの上に重ね……。

新たな重みにのしかかられて満足し、彼はやっと安らかな眠りに落ちる……。

彼はまたべつの時、べつの家の客となり、またも寒さで眠れないが、部屋にカーテンはない、そっと部屋を出て、廊下の絨毯を同じ目的のために引きはがす、廊下のうす闇のなか、体を曲げたり伸ばしたりしながら……。

その重量は彼を上から押さえつける手の重みだ、鼻孔を満たす埃も、絨毯が胸の不安を押

しひしいでくれることに比べれば、何ほどのものでもなく……。

母親たち

みんなどこかに母親がいる。私たちが行ったディナーに誰かの母親が来ている。小柄で、横を向くとレンズが黒く見えるくらい分厚い眼鏡をかけている。食事の最中に、もてなし側の女性の母親から電話がかかってくる。彼女は席を立ってテーブルを離れ、予想以上に長く話しこむ。この母親はたぶんニューヨークにいる。会話の中に、べつの客の母親のことが出てくる。その母親はオレゴン州にいる。親戚の誰かが前に住んでいたという以外に、ほとんど誰も知らない州。帰りの車の中では、ある振付師の話題が出る。その人は今夜この街に来ているのだが、じつは自分の母親――これもまたどこかの州にいる――を訪ねにいく途中で寄ったのだという。

ディナーに呼ばれて来ている母親たちは子供のようによく食べるが、どこかきょとんとしている。たいてい私たちが言ったりやったりすることに、ついてこられない。そしてたいてい、私たちの子供時代の話題のときだけ急に会話に加わったりする。世話を焼く必要のないところで世話を焼く。変なところで笑って誤解を招く。それでも母親たちは――特別な行事のときだけとはいえ――つねに見られ、語られる。彼女たちは私たちのために苦労してきたのだ、それもほとんどが私たちには見えない場所で。

完全に包囲された家

完全に包囲された家で、男と女は暮らしていた。息をひそめている台所で、男と女は小さな爆発音を聞く。「風よ」と女が言った。「狩りだ」と男は言った。「雨よ」と女は言った。「戦(いくさ)だ」と男が言った。家に帰りたいと女は思った。だがすでにそこが家だった、人里離れ、完全に包囲されたこの家が。

話し合いのあいだじゅう、彼女も夫も緊張して、何度もトイレに行ってはドアを閉め、用をたす。そして出てくると煙草に火を点ける。夫がトイレに行って排尿し、便座を上げたまま出てき、彼女が行って便座を下ろし、排尿する。日が暮れると、二人は離婚の話し合いをやめて酒を飲みだす。夫がウイスキーを飲み、彼女はビールを飲む。彼女が帰りの列車に乗る時間が近づき、酒を飲みすぎた夫は最後にもう一度トイレに行って排尿するが、もはやドアを閉めもしない。

出かける支度をしながら、彼女が今の恋人と出会った話を始める。話の途中で、夫が高価な手袋の片方がないことに気づき、とたんにそわそわして上の空になる。夫は彼女を部屋に残したまま手袋を探しに階下におりていく。彼女の話は宙に浮き、彼の手袋は見つからない。手袋が見つからないまま部屋に戻ってきた夫は、もう彼女の話を聞く気をなくしている。それから二人で道を歩く。歩きながら夫は、ガールフレンドをとても愛しているので八十ドルもする靴を買ってあげたという話を楽しそうにする。

ふたたび独りになった彼女は、夫の家での一連のできごとが頭を離れず、通りを非常な早足で歩き、地下鉄の中や駅で何人もの人にぶつかる。彼女の目は人々をまったく見ていない。自然現象のようにいきなり目の前に出現するので人々は避ける暇もなく、彼女は彼女で人々がそこにいたことに初めて気づいて驚く。何人かは彼女を振り返って「まったく!」と言う。

その夜、彼女は実家の台所で、離婚話のままならなさについて父親に説明するが、理解を得られず、腹を立てる。話しおえるころになって初めて自分がオレンジを食べていたことに気づくが、いつ皮をむいたかも、そもそもいつそれを食べようと思ったかさえ、思い出すことができない。

秋のゴキブリ

一度も開けたことのないドアの白く塗った閂の上に、一本の黒く粒だった太い筋——ゴキブリのフンだ。

コーヒーフィルターの中に、籐の棚の中に、ドアの上の隙間の中に、彼らは巣くう。懐中電灯で照らすと、無数の脚の森がうごめくのが見える。

ドーバー湾の沖合に船が何隻か、思い思いの角度で散らばっている。夜中の台所で不意打ちをくらって逃げる一瞬前の、ゴキブリたちのように。

いちばん小さい連中は、きらきらして、元気で、意欲に満ちている。

彼は手が上から振り下ろされるのを見て、べつの方向に走りだす。だが距離が足りない、あるいは速さが足りない。いっぽう私たちは、かくも強い生への意志を、何かまぶしいもののように見る。

小さな物体の動きに過敏になり、はっと振り返ると塵(ちり)が宙に舞っている。白っぽいものの上にある小さな黒っぽいものに過敏になり、はっと振り返ると枕カバーにただバラの模様がついているだけ。

秋が訪れ、夜は静けさを増す。近所の家々は窓を閉ざしている。冷気が窓ガラスから室内にしみとおる。食器棚の扉の奥、彼らは細長い箱の中に陣取って、スパゲティをかじっている。

死の静寂。振り下ろした手から、小さい生き物の逃げぬとき。

私たちは敬意さえ覚える、このはしこい悪党どもに、俊敏な走り手たちに、抜け目のない盗賊たちに。

白い紙袋の中で、生き物がかさこそ動く音がする——一匹だろうと私はにらむ。だが袋を逆さにすると、ライ麦パンの切れ端とともに大群がいっせいに散る。カウンターにこぼれたライ麦の種のように、レーズンのように。

丸々とした、まだ若い、背中を黒々光らせたやつが、一目散に走りかけてふいに停まり、いくつかのちがった動きを同時にしようとする。白い水切り台の上、急停車したゴーカート。ドアの上の隙間の中で動くいくつもの脚。懐中電灯の光の中、おおぜいの彼らが、こちらの様子をうかがっている。

ふと動きを止めるその一瞬、人は彼が知的な生き物であるのを感じる。立ち止まり、方向を変えるその短いあいだに、素早い思考がなされたのを人は確かに感じるのだ。

彼らは食べ、痕跡を残さないと私たちは思っている。でもほら、葉っぱの縁が半円形にえぐれている――彼らのつつましやかな食事の痕だ。

彼はまるで厚みをもった影だ。窓の隙間の影がほら、厚みを増し、壁から這い出し、歩いていく！

厚紙でできた罠の中に、五、六匹が捕らわれている。思い思いの向きにじっと貼りついて、生きたまま不気味に動かない。おもちゃのミニチュアの劇場のような、この箱の中で。

家にいる彼ら以外の虫たちに、私のなんと優しい気持ちになれることか！　この薄く透き通った翅(はね)！　このかわいい愚かさ！　ランプシェードを這いおりる、このたどたどしい歩み！　逃げることさえ頭にない！

食事の最後にチーズが運ばれてきた。ロックフォールを除いてすべて白く、思い思いの向きでボードの上に散らばっていた。草を食むは牛のように、沖の船のように。

一週間そのままになっていたパンを一切れ、オーブンから出す。そこもすでに彼らが来たあとだ。パンは干からび、すでに茶色い紐ひもと化している。

秋の夕方の白い光。台所の壁に貼った子供たちの絵の裏に、彼らは眠っている。私が一枚一枚を指ではじくと彼らがいっせいに炸裂する、そうでなくとも流れ星やミサイルやマシンガンや地雷でいっぱいの絵の縁から……。

骨

もう何年も前、私は夫とパリに住んで、美術関係の本を翻訳していた。お金は入ってきたそばから映画と食費に消えた。映画はほとんどが、パリでとても人気のあった古いアメリカの映画だった。食事は外食が多かった。当時のレストランは安かったし、二人ともたいして料理ができなかった。

それでもある晩、私が魚の切り身を料理した。切り身は骨がないはずだったが、どれかに小骨が残っていたのだろう。夫が飲みこんだ拍子に喉にひっかかった。二人とも骨についてはいつも心配していたが、じっさいにそれが起こったのは初めてだった。私は夫にパンを食べさせ、水を何杯も飲ませてみたが、骨はしっかり刺さって取れなかった。

何時間か経つうちに痛みがひどくなってきて、私たちはどんどん不安になった。そしてついにアパートを出て、助けを求めてパリの暗い通りを歩きだした。まずはそう遠くないアパートの一階に住んでいる看護婦のところに行くように言われ、その看護婦にはある病院に行くように言われた。私たちはずいぶん歩いて、ヴォージラール通りにあるその病院を探しあてた。病院は古くて真っ暗で、もうほとんど廃業しているように見えた。

中に入ると、私は正面玄関近くの広い廊下に置かれた折り畳み椅子で待たされ、夫一人が診察室に通された。夫は閉じたドアのすぐ近くの椅子に座り、何人かの看護婦があれこれ面倒を見てくれようとするのだが、ただ喉に何かをスプレーして、一歩下がって笑うだけで、夫もしかたなくいっしょに笑った。中で何をそんなに笑っているのか、私にはわからなかった。

やがて若い医師がやってきて、夫と私を連れて長く人けのない廊下をいくつか過ぎ、病院の暗い敷地の角を二度曲がり、がらんとした別棟に着いた。そこにはべつの診察室があり、医師が特別の器具を一式そろえていた。器具は一つひとつちがうカーブを描いていたが、先端はどれも何らかの鉤型(かぎがた)をしていた。暗い部屋に一つだけ灯ったライトの円(まる)い光の下、医師は非常な情熱と探究心でもって夫の喉につぎつぎちがう器具を差し入れていった。夫は新たな器具を入れられるたびに苦しげにむせ、両手を宙に泳がせた。

ついに小さな魚の骨が取り出され、医師はそれを誇らしげに私たちに掲げてみせた。私たちは三人でほほえみ、互いを祝福しあった。

私たちは医師に引率されて無人の廊下を引き返し、馬車が入れるように造られた丸天井の玄関ホールまで戻った。三人でそこに立ってしばらく話し、がらんとした通りを見まわし、それから握手をして、夫と私は歩いて帰った。

あれから十何年かが経ち、夫と私はべつべつの道を歩んだが、たまに顔を合わせると、いまだにあの若い医師の話になる。「ユダヤの偉大な医者」、自分もユダヤ人の夫は、彼のことをいつもそう呼ぶのだ。

私に関するいくつかの好ましくない点

そもそもの最初から私には好きになれない点がいくつかあった、そう彼は言った。意地悪な言い方ではなかった。彼は意地悪をするような人ではなかった、すくなくとも意図的には。彼がそれを言ったのは、私への態度をそんなに急に変えた理由を説明してほしいと私が彼に言ったからだ。

このことについてどう思うか、彼の友人たちに聞いてみてもいいかもしれない。友人たちは私よりずっとよく彼のことを知っている。彼らは彼と十五年以上の付き合いがあるけれど、私は彼と知り合ってまだ十か月だ。私は彼らのことが好きだし、そう親しいわけではないけれど、彼らも私に好感をもってくれている気がする。すくなくとも二人ぐらいと食事をするか酒を飲むかしながら彼のことを話しあい、彼についてもう少し理解を深めたい。

他人についてまちがった判断を下すのはたやすい。いま思えばこの何か月か、私は彼についてまちがった判断ばかり下してきた。たとえばきっと私につらく当たるだろうと思っていたら、彼は優しかった。私に感情をぶつけてくるだろうと思っていたら、彼はただ紳士的だった。私の声を電話で聞くのも嫌だろうと思っていたら、彼は喜んだ。こんなに冷たい態度を取ってしまった後では私に愛想を尽かすだろうと思っていたら、彼は前にも増して私といっしょにいたいと望み、多大な手間と犠牲を払って私と過ごすための時間を捻出した。そしてついに私がこの人とずっといっしょにいようと心に決めたら、彼は突然すべてを終わりにしたいと言いだした。

私には突然と思えたが、ここ一か月ほどのあいだに、彼が私から距離を置きつつあるのは感じていた。以前ほど頻繁に手紙をくれなくなったし、いっしょにいるときに前よりも厳しいことを言うようになった。離れているあいだ、彼がそのことをじっくり考えているのだろうということがわかった。一か月かけてじっくり考え、その結果終わりにしようと言うか言わないかは五分五分だろうと思っていた。

それでも私が突然だと感じたのは、それまでに築き上げていた希望があったし、二人の将来についていろいろな夢をいだいていたからだ——それはたとえば素敵な家とかわいい赤ちゃん、子供たちを寝かしつけたあと家でそれぞれ仕事をして、といった月並みな夢のこともあれば、彼といっしょにあちこち旅をする夢だったり、彼のきれいなテノールに伴奏をつけるためにバンジョーかマンドリンを弾けるようにする夢だったりした。いま、自分がバンジョーかマンドリンを弾いている図を思い浮かべると、ひどく滑稽な思いつきに見える。

彼がふだんかけてこない日に電話をかけてきて、考えて結論を出したと言い、それがすべての終わりだった。考えがうまくまとまらなかったので言うべきことを紙に書き留めた、私がかまわなければ今からそれを読み上げたいのだがいいか、と彼は言った。いやだと私は答えた。すると彼は、話しながらときどき紙を見るぐらいは許してほしい、と言った。

それから彼は、二人がいっしょにいて幸せになる見込みはほとんどないこと、今ならまだ友人どうしとしてやり直せることなどについて、非常に理路整然と述べた。あなたは私のことをまるで高速道路でパンクしそうな古タイヤのように言う、と私は言った。彼はそれを面白がって笑った。

私たちは、彼がいろいろな場面で私のことをどう感じたか、私がいろいろな場面で彼のことをどう感じたかについて話し合ったが、二人の感じ方はあまり噛み合っていなかった。それで私が、今まで彼が感じたなかで一番よかったことは何だったのか知りたくて、そもそもの最初に私のことをどう感じたのかと訊ねたところ、彼ははっきりと、私には最初から好きになれないところがあった、と言ったのだった。意地悪で言っているのではなく、ただ簡潔に言おうとしたのだ。その好きになれないところというのが具体的に何なのかを訊くつもりはない、と私は言った。ただそれについては自分でじっくり考える必要があった。

彼を嫌な気持ちにさせるものが私の中にあると聞かされるのはつらかった。愛している人が自分の何かを好きになれずにいたと知るのはショックなことだった。もちろん私だって彼について好きになれないところはいくつかあった。たとえば会話の中に外国語のフレーズを差しはさんだりする気障なところがそうだった。だが気づいていても、こんなふうに面と向かってはっきり指摘したことは一度もなかった。それでも理屈で考えれば、やはり私にはいくつかの好ましくない点があると思うしかないのだろう。となると問題は、その好ましくない点が何なのかをどうやって突き止めるかだ。

彼と話をしてからの数日間、私はそのことを考えつづけ、いくつかの可能性を考えた。もしかしたらあまりしゃべらないのがいけなかったのかもしれない。彼はいつもたくさんしゃべり、他の人たちもたくさんしゃべるのを好む。私はあまりたくさんしゃべるほうではない、すくなくとも彼の好みに合うようにはしゃべれない。面白いアイデアを思いつくことはたまにあるが、面白い情報はあまり持っていない。私が長くしゃべれるのは面白くない話題についてだけだ。もしかしたら彼が何を食べるべきかについてあれこれ言いすぎたのかもしれない。私はいつも他人が食べるもののことを気にして、もっとこういうものを食べるべきだと言う癖があって、そのせいでよくうるさがられる。前の夫にも嫌がられた。もしかしたら前の夫の話をしすぎたのかもしれない。それでまだ前の夫のことを忘れられずにいると誤解させてしまったのかもしれない。もしかしたら彼は私の眼鏡が目に刺さるのが気になって通りでキスできないのが不満だったのかもしれない。それ以前に眼鏡の女が好きではなかったのかもしれない。いちいち青い色のレンズ越しに私の目を覗きこむのが嫌だったのかもしれない。あるいはインデックスカードを使うような人種が嫌いなのかもしれない。私はダイエットの計画を小型のインデックスカードに書き、小説のプロットを大判のインデックスカードに書く。好きでやっているわけではないし、いつもいつもやっているわけではない。ただ物事を少しでも整理しようとしてやっているのだ。でもそういうカードが彼には鼻についたのかもしれない。

そもそもの最初から彼を嫌がらせていたかもしれないことというと、思いつくのはそれぐらいだった。そしてけっきょく自分の何が彼を嫌がらせたか、私には永遠にわからないだろうと思った。私が何を考えてもそれはちがうものだろう。それに、それ以上突き止める気もしなかった。わかったところでどうすることもできないのだから。

電話の最後のほうで、彼は夏のバカンスの新たな計画を楽しそうに語った。もう私とは別れるのだから、夏はヴェネズエラに行って、ジャングルで人類学の調査をしている知り合いを訪ねるつもりだ、と言った。そんな話は聞きたくないと私は言った。

話しながら、私は自宅で大勢を招いて開いたパーティのワインの残りを飲んでいた。電話を切ると、すぐにまた受話器を上げてつづけに何本か電話をかけ、かけながらそのワインを空け、もっと甘いべつの残り物ワインを飲みはじめ、それも空にした。最初は同じ街に住む人たちに電話をかけ、電話をかけるには遅い時間になると、カリフォルニアに住む人たちにかけ、カリフォルニアにかけるにも遅い時間になると、イギリスに住んでいる知人にかけた。その人は起きたばかりで不機嫌だった。

一つの電話を終えて次をかけるあいだに、ときどき窓のところに行って月を見あげた。まだ上弦の月だったが、はっとするほど明るかった。いつになったら月を見ても彼を思い出さなくなるのだろうと私は考えた。月を見るたびに彼を思い出すのは、初めて彼といっしょに過ごした日々を思い出すからだった。五つの昼と四つの夜のあいだに月はしだいに太り、やがて満月になり、夜はさやけく、都会を遠く離れたその場所では空は大きな存在で、私たちは同じ家にいた互いの親類たちから逃れたいのと、純粋に月明かりの野原や森を楽しみたいのとで、毎日宵の口や夜更けに二人で外を歩いた。家から森に続く上り坂は、土がむき出しで木の根や石がごろごろしていて、私たちは何度もつまずいて互いの体によりかかり、腕にしっかりつかまりあった。野原にベッドを運び出して月明かりの下で寝たら楽しいだろう、そんな話をした。

つぎの満月のときには私は都会に戻っていて、それを見あげたのは新しいアパートの窓からだった。彼と過ごしてからちょうどひと月たったのだと私は思い、そのひと月をとても長く感じた。それからというもの、満月になり、月明かりが家の庭の葉の茂った高い樹や、平らなタール屋根や、地面を覆う雪を明るく照らすのを見るたびに、私はまたひと月が経ったのだと思い、その一か月を長く感じたり短く感じたりした。月の経つのをそんなふうに数えるのは楽しかった。

彼と私はいつも過ぎ行く時を数えては、次にまた会える日が来るのを待っていたようなところがあった。それもまた、彼がこれ以上この関係を続けられないと言った理由の一つだった。そしてもしかしたら彼の言うとおりなのかもしれなかった。今ならまだ間に合うのかもしれない。私たちは友だちどうしになって、そしてときどき彼が長距離電話をかけてきて、会話のほとんどは彼の仕事のことや私の仕事のことで、相談されれば彼は私に適切なアドバイスをくれ、行動の指針を示してくれて、そして自分のことを私の〝よき参謀（エミナンス・グリーズ）〟だなどとフランス語で言うのだろう。

電話はかけ尽くしたが、ワインのせいで目がまわって眠れなかった。私はテレビをつけて警察もののドラマを観、昔のホームコメディを観、最後に国じゅうの奇人変人を紹介する番組を観た。空が白むころテレビを消して、すぐに眠った。

たしかに夜が終わるころには、私は自分の何が好ましくないのか、もう思い悩まなくなっていた。いつも明け方ちかいその時刻になると、自分を長いドックのようなものの端まで引きこんで、周りを水に囲まれて、あらゆる不安や悩みから自分を隔離することができるから。それでもその日か、つぎの日か、二日後か、その困難な問いをもう一度、あるいは何度も繰り返し、自分に向けなおすときがきっと来るだろう。それは意味のない問いかけだ、私はそれに答えることができないのだし、他の誰かが答えても、人によって答えはまちまちだろうから。でももちろん、すべての答えを合わせれば、それが正しい答えになるのかもしれない。もしこんな問いに正しい答えが本当にあるのなら。

ワシーリィの生涯のためのスケッチ

1

ワシーリィは多芸で、移り気で、飽きやすく、時に熱意にあふれ、時に朦朧とし、時に思慮深く、時に短気だった。習慣を持たず、習慣に憧れ、なんとかそれを身につけようとし、自分にとって心底必要だと少なくとも当面は思われ、かつ習慣になりそうなものを見つけると、小躍りせんばかりに喜んだ。

ある時期の彼は、毎晩夕食の後にウィングチェアに腰かけるのを楽しんだ。一度は、昼間あった出来事を思い返しつつ、芳（かぐわ）しいパイプ煙草をくゆらせることに無上の悦びを見いだしさえした。だがその次の晩は妙に腹が張って、落ち着いて座っていられなかった。おまけにパイプの火はすぐ消えるし、なぜか部屋の灯までまたたいては暗くなるのを繰り返した。とうとう彼は、ゆったりと思索にふけっているふりをするのを断念した。

その数か月後、夕食後の散策ならば世間の人々も嗜んでいることだし、習慣にしやすいかもしれないと彼は思いついた。それからは来る日も来る日も同じ時刻に家を出て近所を歩きまわり、川面を飛ぶツバメや陽を浴びた赤い家々を眺め、目に映ったものを元に無根拠な科学的理論を導き出すなどして、物静かな思索の気分を自分のうちに作り出すことに成功した。あるいは街を歩き、道行く人々に思いを巡らせたりした。だがこれも習慣となるには至らなかった。自宅から一時間ほどで行ける範囲をくまなく歩き尽くしてしまうと、彼は歩くことにすっかり飽きてしまった。おまけに消化不良を起こして、帰宅するなり薬の世話にならねばならず、健康を増進するどころではなかった。これには彼は大いに失望した。姉がひょっこり訪ねてきてしばらく滞在したのを機に散策は中止され、姉が帰ったあとも二度と復活しなかった。

ワシーリィは勉学への意欲を強く持っていたが、どうかすると何日も机に向かわず、自分自身の懸念の視線から逃れるように部屋の片隅にうずくまって、長いことクロスワードパズルにふけった。彼はそんな自分に苛立ち、鬱屈した。そこでこれをもっと前向きに促えるべく、クロスワードを自己鍛練の一環であると考えることにした。それからの三日間、彼はパズルに時間制限を設けてみた。一日目はほとんどのパズルを二十分以内に解いた。翌日はすべてのパズルを二十分以内に解いた。三日目、二十分以内に一つのパズルも解けなかった。すると彼はすぐさまルールを改正し、どんなに時間がかかっても、毎日必ずパズルを最後まで解くことにした。いずれ自分がこの分野の達人となる日が来るのを彼は確信した。そこで彼は目標達成のため、パズルに頻繁に登場するものの、出会ったそばから忘れてしまう耳慣れない言葉を逐一ノートに書き留めるようにした――たとえば〈stoa 希臘(ギリシャ)ノ柱廊〉といった具合に。こうすることで、パズルのような遊びからさえ何事かを学んでいるように自分を装い、低俗な嗜好と崇高な向学心とのみごとな融合に、楽しい何時間かを過ごした。

彼の一貫性のなさ。何ひとつやり遂げられない弱さ。突如襲ってくる、自分のやっていることはことごとく無意味なのではないかという恐怖。外界で起こっている出来事に比べれば、おのれの人生には何の実体もないという自覚。

ときおりワシーリィは、自分に取りついているこの倦怠は、自分自身にすら計り知れないほど底無しなのではあるまいかと予感することがあった。そんな折には、父親が一年ごとに与えてくれる小遣いが恨めしく思われた。これこそは自分の身に起こった不運の最たるものではあるまいか。これのせいで、ただでさえ哀れな俺の人生がすっかり駄目にされてしまうのではないか。だがそんな彼にも一つだけ揺るぎないものがあって、それは、結局どんな物事もいずれ何とかなるだろうという懲りない楽観主義だった。

彼には本当は世界を変える驚くべき能力があり、ただそれが今は表に現れていないだけなのだ。

2

成しとげたわずかばかりの実績も、ワシーリィを変えることはできなかった。彼は活字になった自分の文章を見るのに耐えられず、掲載された雑誌はコーヒーの染みに汚れ、ページの端も折れ放題だった。彼には印刷されたその名前が自分のものとは信じられず、書かれている言葉が自分のペンから出たものとは思えなかった。雑誌を送った姉がそれについていっさい言及せず、以前とまったく変わらぬ態度で――気はいいが役に立たない人間として――彼を扱ったことが、その疑いに拍車をかけた。せっかく成果を上げたというのに、前とはちがった目で見てくれないとはどういうことなのか。仕返しのように、彼は姉の生活態度を批判する、言葉を慎重に選んだ長く深刻な手紙を何通か送りつけた。だが姉はそれにさえ、何か月も経ってからぞんざいな返信をよこしただけだった。

彼は活字になった自分の名前が他人のもののように思えるだけでなく、自分の書いたものから何の喜びも引き出すことができなかった。書き終えたとたん、それは彼の手を離れて荒涼とした無人地帯に横たわった。それはまったく無個性で、彼に何も語りかけてこなかった。彼は自分の成果を誇りたかったが、ただ罪悪感を感じるばかりだった——もっとがんばれたのではないか、もっと良くできたのではないか。他の人々が何かを書こうと志し、それを書き、出来に満足し、出版されれば一から読み返して新たな喜びを味わい、次の仕事にやすやすと取りかかることができるのが、彼には妬ましかった。彼の行く手にはただ虚無があるばかりだった——本来あるべき計画もなく、仕事の成果はただの衝動の産物でしかない、恐ろしい虚無が。

3

ワシーリィは極端に自意識過剰で、飼い犬の気を引こうとおかしな身振りをして、犬から澄んだ目で見つめ返されただけで赤面してしまうほどだった。友人と電話で話せば、相手の言ったことをあらぬ方向に深読みし、ちぐはぐな返答をして相手をとまどわせたり居心地悪くさせたりした。

知らない相手と話す時は、発言を誤解されるのを恐れて、聞き取れないほどの小声で話した。彼が口を開くたびにみんなが妙な顔つきをするので、彼はますます自信を失ったが、実際は彼の言葉を聞き取ろうとしているか、彼が物を言ったことに気づいてもいないかのどちらかだった。

彼は初対面の相手に別れの挨拶を言うべきかどうかわからないことがよくあった。そこで折衷案として、横を向いて口の中でもごもごつぶやくようにした。

ディナーや週末のパーティに招かれた際には、いつその家の女主人に礼を述べればいいのかがわからなかった。わからないものだから、何度もくどいほど礼を言った。自分の言葉に何の重みもあるとは信じられなかったので、一度の発語では伝わらないぶんを数で補おうとしたのだ。

他の人々はごく自然にできているらしい社交上のやりとりがなぜ自分にはできないのかと、ワシーリィは思い悩んだ。そしてそれを会得するために人々をつぶさに観察し、ある程度の成功を収めた。それにしても、どうしてこれほどまでに苦労しなければならないのだろう？

ときおり彼は、狼に育てられて、つい最近人間社会の仲間入りをしたばかりの子供のような気分になることがあった。

4

ワシーリィはひっきりなしに恋をした。たとえ器量が悪くて面白みのない女であっても、こんな田舎に暮らしている寂しさから、最初の嫌悪もじきに孤独に打ち負かされてしまうのだ。そして狂乱から我に帰ると、ふたたび嫌悪感が戻ってきて自分を恥じるのだった。

ワシーリィは八百屋の女店員との関係を持て余していた。女の冷たい態度にひどく自尊心を傷つけられていた。ときどき家に独りでいると、女への怒りがふつふつとわき上がってきて、声に出して女を悪しざまに罵(ののし)った。それから急にそんな自分を恥じ、もっと分別ある態度を取ろうと努めた。たかだかちっぽけな町の八百屋で働く、魅力のない、希望も理想も未来もない女じゃないか、そう考えて彼はどうにか平静さを取り戻した。すると前年の春のある日の記憶がよみがえる。町を見下ろす丘の上で射撃大会が行われたその日、周囲が賑やかに浮かれ騒ぐなか、女は白い帽子をこれ見よがしにかぶり、彼に会釈ひとつよこしただけで知らんふりを決め込んだのだ。さらに追い打ちをかけるように、彼が隣の丘の上に置かれた的を狙って撃つと、銃が暴れて肩をしたたかに傷めた。みんなが声を立てて笑った。まあいいさ、と彼は自分に言い聞かせた。あいつらはみんな年季の入った狩人だが、自分はただの太った知識人に過ぎないのだから。

5

やる気はあるのに何もかもうまくいかない日もあった。まず執筆に必要な道具がことごとく見つからず——ペン、ノート、煙草——やっと腰を落ちつけて取りかかろうとしたら今度は電話に呼び出されたりインクが切れていたりし、戻ってきて始めようとするといきなり空腹に見舞われ、台所では不測の事故に手間取り、ふたたび座ったときにはすでに集中力が途切れて、頭が働かなくなっている。

せっかく一時間ほど快調に進んでも、そのあとがまるで駄目ということもある。午後にかけて大いに成果が上がりそうなのに意を強くして、ちょっと足腰を伸ばすつもりで庭に出る。ふと空を見上げると、見たことのない鳥が目に入る。鳥類図鑑を出してきてその鳥の後を追い、庭を出て荒れ野に分け入り、藪の下にもぐりこみ、顔じゅうひっかかれ、靴下はイノコヅチまみれとなる。家に戻るとすっかり汗だくで疲れ果て、もはや机に向かう気になれず、罪悪感とともに寝床にもぐりこみ、肩の凝らない気楽な読み物を読む。

6

ワシーリィはときおり、自分はただ万年筆と黒インクで物を書くのが楽しいだけなのではないかと疑いたくなることがあった。たとえばボールペンでは満足なものが書けなかった。また青のインクでもうまくいかなかった。姉とジンラミーをやるときには好んで点数を記録する係をやったが、手元に鉛筆しかないと、その役目を姉に譲った。

彼はペンを他のことに使うのも好きだった。手元に白紙の束を常備し、よくそれにリストを書きつけた。一つのリストは、次に街に出たときにするべきこと（貧民街を歩いてみる、どこそこの通りを写真に撮る）。別のリストはこの田舎を離れる前にやっておくべきこと（湖に行く、一日かけて散策をする）。さらに別の紙には理想的な一日の予定表の案が書いてあり、それには運動、執筆、真面目な読書、手紙を書くための時間が設けてあった。別の紙にはキャンプ用品一式の計画――書き物机と料理用コンロを含みつつ、全体として重さが四十ポンドを超えないようにする――が書きつけてあった。他にも、たとえば語学の勉強中に遭遇した未解決の疑問点と、どこに行けばその答えが得られるかの覚書の一覧もあった（そのため「街でやるべきこと」のリストに、新たに〈図書館に行く〉が書き加えられた）。

だがこれらのリストは物事を整理するのに役立つどころか、彼の生活をさらにややこしくした。リストを作っている最中に、ある本の書名や日付を確かめに別の部屋に行く、するとそこでやりかけたまま放り出してある別の仕事が目に入ってしまい、何のためにそこに来たのか忘れてしまう。あるいは互いに関連性のない、記憶にもないいくつもの指示を自分自身から受け取って、部屋から部屋へ駆けまわって半日が無駄になる。彼の意志と行為のあいだには不可解なギャップが存在していた。書き物をするために机に向かい、だが何も書かず、ワシーリィはいろいろな物事を完成させることを夢見た。それは彼をふるい立たせたが、いざ完成に向かって一歩踏み出したとたん、その道の険しさに彼はたじろいだ。朝、目覚めたものの、失意に押しつぶされて寝床から出ることもできず、一日じゅう横になって、日の光が床の上を動いて壁を上がっていくのをただ眺めるだけのこともあった。

7

ワシーリィ自身によるワシーリィ像。子供時代の彼はとびきりの健康体で、俊敏で、肉体面では何の憂いもなかった。そしてその自己イメージを彼はいまだに引きずっていた。数年のあいだにさまざまな病気にたてつづけに見舞われたときでさえ、その一つひとつの病気を、あくまで健康な人間がたまたま遭遇した例外的な出来事、いっそある種の余興のようなものだと無理に思い込もうとした。そんな具合に自分が虚弱になったことを頑として認めようとしなかったが、とうとうある日、訪ねてきた姉が、ひどい副鼻腔炎に苦しんで臥せっている彼を見て、いつものようにずけずけとこう言い放った――こんなにしょっちゅう病気ばかりしている人にはお目に掛かったことがないわよ。

それを機に彼はヨガを始め、肩倒立を毎日やるようになった。肩倒立は「鼻腔の詰まりを取ると同時に体重の偏りを正す」効果があると、ものの本に書いてあったからだ。（かくして顎を喉仏にめりこませ、自分の腹のたるんだ肉を見上げている彼の姿が、女中によって目撃されることとなった。）

さらに彼はもっと賢い食生活を営むべく、蛋白質を主にヨーグルトから摂るようにした。

別の本によると、自然に摂取するのがもっとも難しいビタミンはDであり、このビタミンDは、西欧諸国の場合（北半球に限る）五月から九月にかけての十時から二時の太陽光を浴びることによって、脂肪層の中に作りだされるとのことだった。そこでワシーリィは五月一日の朝、弱々しい日光に全身の皮膚をさらし、家の裏庭で震えながら横になってみたが、寒さに耐えきれずに早々に退散した。夏になり、肩倒立と日光浴を組み合わせることを彼は思いついた。午ごろ外に出て、爪先を空に向けたが、目眩がしてたちまちやる気を失い、ヨガも日光浴も当面はやめにした。

なにごとも無理は禁物、そう彼は結論づけた。

8

ワシーリィは唐突に、自己イメージと現実のあいだにはひどい乖離（かいり）があると悟った。彼は自分を高く評価しており、他人に対していささか優越感を感じることもあったが、その根拠は彼の実際の人間性でも行為でもなく、彼がその気になればできること、いずれやるであろうこと、あと数年のうちに成し遂げるはずのこと、高貴な魂によって勝ち取るはずの栄光の座などだった。ときおり彼は、自分が何らかの障壁を乗り越えて称賛を浴びるところをうっとりと夢見た――不治の病、永久的な失明、洪水や火事から人々の命を救う、亡命者となって山岳地帯の長く苦しい旅をする、感動的な演説で自らの主義主張を弁護する、等々。だが実際には、そういった状況下で雄々しく振る舞うのは難しいというよりはむしろ簡単で、ということはつまり、今の彼のこのぬるま湯的な環境こそが最大の障壁なのだった。

人生において自分が何を成し遂げたいかを見失わないようにする、それがまず重要だった。もう一つ大切なのは、空想上の美化された自分像（たとえばアフリカで医師をしている自分、というような）と実現可能なそれを見まちがわないことだった。それから自分が大人の世界に暮らす、義務も責任もある一個の大人であることを忘れないように努めなければならなかった。たやすいことではなかった。他の男たちが大勢の家族を養うために働いたり、異国の地で自国の代表をつとめているときに、ともすると彼は日なたに座って紙を切り抜き、クリスマスツリー用の飾りの星を作っていたりするのだから。歯を食いしばって真実に目を向けようとして、この滑稽なちぐはぐさに気づくとき、彼は自分というお荷物を背負いこまされたような、自分が自分の招かれざる客になったような気がして、吐き気をもよおした。

9

ワシーリィの不動について。冬のさなかに彼の兄が死んだ。ワシーリィは父親から、兄の遺品を整理するように言いつけられた。兄は街で独り暮らしをしていた。その家を訪ねたことはなかった。お前とは会いたくないと、もう何年も前に言い渡されていた。

アパートのドアにはいくつも鍵が取りつけてあり、どれが開いていてどれに鍵がかかっているかがわからず、中に入るのにかなりの時間を要した。一歩足を踏み入れて、そのあまりの不潔さと殺風景さにワシーリィは愕然とした。貧民の住まいのようだった。壁も床もむき出しで、何の飾りもなかった。数えるほどしかない調度品はどれも粗末だった。

ワシーリィは部屋を一つずつ歩いてまわった。兄の痕跡はいたるところに見つかった。浴室の電気のスイッチを取り囲んで、黒い指の跡がもやもやとついていた。浴槽の内側には垢の輪ができ、洗面台と便器にも汚れの塊がこびりついていた。台所の隅にはガラスの空き瓶や容器がごちゃごちゃと片寄せてあった。食卓の上には、ニンニクの薄皮や根が雪のように薄く積もっていた。今にも兄がどこかから帰ってきそうだった。

ワシーリィは居間に入っていった。家具といえば書き物机、食器棚、椅子が何脚か、それに兄がそこから運び出されていった、乱れたままの寝台があるきりだった。窓の下の床で、積み上げられた紙や帳面の山が雪崩を起こしていた。覗いてみたが、目ぼしいものは何もなかった。ワシーリィは木の折り畳みの椅子を部屋の中央に引いてきて、腰をおろした。窓の外に見えるのは隣接する何軒かのアパートの煉瓦の壁で、それらに囲まれた中庭に貧相なニセアカシアの樹が一本立っていた。

ワシーリィは兄のことを思い出そうとした——猫背でずんぐりとした体つき、口ごもりながらゆっくりと話す声。だが思いは一つ所をぐるぐる巡るばかりだった。向かいの建物には明るい陽が当たっているのに、部屋の中は暗かった。隣の部屋の住人が台所の壁のあたりに何かを打ちつける音がし、直後に廊下でドアが閉まった。ワシーリィは外套の衿に顎をうずめてまどろんだ。

静寂にはっとなって目を覚ました彼は、見慣れない部屋を見まわした。陽光が一方の壁を照らしていた。ワシーリィと兄は歳がずいぶん離れていた。ワシーリィのいちばん古い記憶は、兄が家を出ていき、戻ってきて、また出ていく姿だった。音もなく兄は戻ってきて、また音もなく出ていった。ワシーリィはいつも窓辺にいて、わくわくしながら待っていた。兄への憧れが消えてなくなるはるか前の記憶だった。兄が彼に会ってくれなくなる、はるか前の。

ワシーリィは折り畳み椅子から立ち上がり、外套のボタンをはずした。だんだん気が急いてきた。これが責任のある行動と言えるだろうか、と彼は自問した。俺はここに兄の遺品を整理しにやって来たはずだ。もういいかげん仕事を終えていなければいけないころだ。それでも彼はさらに一時間、同じ姿勢のまま動かなかった。兄が自分の立場だったらどうしていただろう、と彼は考えてみた。きっとこのアパートに来もしないだろう。たぶん葬式にさえ顔を出さない。

ワシーリィは外套を脱ごうかと思ったが、脱がなかった。浴室に行き、薬戸棚を開け、自分が使えそうなチューブや瓶を厚紙の箱に入れていった。盗人になった気分だった。タオル掛けからタオルを外し、床からマットを取り、大きな洗濯袋に詰め込んだ。兄の歯ブラシを捨てようとしたら胸がむかむかして、もうそれ以上は続けられなかった。

一週間後、目を覚ますと、今度こそその仕事ができそうな気分だった。ワシーリィはふたたび兄のアパートに行った。だが今度もほとんど何もできなかった。彼を動けなくさせる何かが、そのアパートにはあった。何時間かそこで過ごしたのち、彼はマントルピースの上に伏せて置かれていた自分の祖父の写真の額ひとつを手にアパートを後にした。家に帰ると、遺品整理の仕事を代わりにやってくれるよう姉に手紙を書いた。

　ワシーリィはその夜、床に犬が寄り添う寝台に寝て、部屋の暗い一角から光る目でこちらを見つめている祖父の写真を眺めていた。家族生活の失望が胸の上に重くのしかかっているようで、身動きが取れなかった。悲しみが幾重にも層をなして彼を押さえつけていた——兄ともっと会わずに終わってしまったこと、兄に好いてもらえなかったこと、兄が独り寂しく死んだこと、血を分けた人間があんな不潔の中で暮らさなければならなかったこと。だがもし兄が赤の他人だったら、自分はそんなことを気にしただろうか？　もうこれで何度目か、彼は家族というものの奇妙さをしみじみと思った——本来何の共通点もない人々を一つにつなぎ止める、この家族の絆というものを。

　もし家族たちが赤の他人であったら、彼は誰一人として友人には選ばなかっただろう。あの汚らしい他人のアパートに荷物を整理しにいかねばならなかったことを、彼は不思議な気持ちで思い返した。それから首元のスカーフにきれいに襞（ひだ）を寄せて押し殺したような笑みを浮かべている祖父の写真を見た。ワシーリィは自分で家族を持つ気はさらさらなかった。彼はのっそりと起き上がり、台所に降りていった。そして分厚いサンドイッチを手に寝床に戻り、食べはじめたが、やがて眠気に襲われ、抗えずに目を閉じた。彼が眠りに落ち、そこはかとない悪夢にうなされているあいだに、犬が寝床に上がり、主人の食べかけのサンドイッチを残らず平らげてしまった。

街の仕事

この街には、朝の七時に電話をかけてきて、くぐもった声でライザはいるかいと言うために雇われている年寄りの黒人女たちがおおぜいいる。彼女たちにとっては、在宅でできるいい働き口だ。まちがい電話をかけるために街から雇われている人々はほかにもたくさんいる。一番の高給取りは、この番号は絶対にまちがいではないと言い張る技能をもつインド人の男性だ。

ほかにも——たいていは年寄りだ——変てこな帽子をかぶって私たちを面白がらせるために雇われている人々がいる。彼らはみんな、自分の頭の上のことはいっさいあずかり知りませんといった顔をしている。帽子が二つ、ひょこひょこ揺れながら並んで行く——老人の頭の上には巨大なホンブルク帽、老婆の頭の上には黒のベールにサクランボがついているやつ——そしてそれぞれの下で二人は口論をしている。べつの腰の曲がったお婆さんは、こんなに大きくて赤くてとんがった、重みでおでこにずり下がってくる帽子をかぶらされていることに腹を立てながら、私たちの車の前をよたよたと横切っていく。さらにべつのお婆さんは、でこぼこだらけの歩道を、次にどこに足を置こうか考え考え歩いていく。この人は帽子をかぶっていない。失業中なのだ。

年齢を問わず、狂人のふりをするために街に雇われている人たちもいて、彼らのおかげで私たち市民は自分の正気さを実感することができる。狂人たちの一部は物乞いも兼ねているので、彼らのおかげで私たちは正気なうえに金持ちでもあるような気になれる。狂人の求人数はとても少ない。このところずっと口がふさがっている。かつて狂人たちは、ニューヨーク港の島にある精神病院にまとめて隔離されていた。だが市民に心のオアシスを提供するべく、あるとき当局が彼らをいっせいに路上に解き放ったのだ。

もちろん狂人たちのなかには二つの仕事をかけもちしている人も少なくない。彼らはすり足で歩き回ったりぴょんぴょん跳ねたりしながら、変てこな帽子もかぶっている。

姉と妹

誰もがそうならないようにと願い、そうでないほうがずっといいのにと思うが、往々にしてそれは起こる。二番めの子もまた女で、姉妹二人になってしまうということが。

もちろん、すべての娘は産声を上げた瞬間からはずれであり、本当は息子が欲しかった父親の落胆に迎えられる。男はもう一度こころみる。またしても生まれてくるのは女だ。よけいに悪い、なにしろこれで娘二人だ。三回やっても四回やっても同じ。女ばかりの家で、男は絶望する。自分のしくじりに囲まれて、失意の人生を送る。

息子一人と娘一人がいる男は幸運だが、二人めの息子を狙うのは危険な賭けだ。最も幸運なのは息子ばかりいる男だ。試みるたびにつぎつぎ息子が生まれ、そこにある日娘ができる。彼は望みどおり息子たちを得たうえに、食卓を華やかにする小さな娘まで持ったことになる。たとえ娘が出てこなくとも、彼にはすでに女がいる、妻であり息子たちの母でもある女が。

彼自身には男はいない。妻だけがその男を持っている。妻自身には女がいないので娘を望んでいるかもしれないが、彼女の願いの声は小さすぎて聞き取れない。生きている両親はこの世にいないとはいえ、妻もまた娘なのだから。

その唯一の娘、兄たちにとってのたった一人の妹は、家族の声を聞き、うれしく誇らしい気分になる。粗暴な兄たちとはちがう彼女の柔和さ、兄たちのように物を壊さない彼女の穏やかさは皆からもてはやされる。だがそれが姉妹二人となると、どちらかはどちらかより醜くぶざまで、どちらかはより愚かで、どちらかはより好色になる。たとえすべての美点がどちらか一方に集まっていたとしても——たいていの場合そうなる——彼女は幸せにはなれない。もう一方が、妬ましげに彼女の成功にどこまでもつきまとうからだ。

姉妹はそれぞれ時とともに成長し、互いをなんと馬鹿な子供だろうと蔑む。喧嘩をし、真っ赤になる。そして一人娘だったら名前のとおり天使でありつづけたであろうアンジェラも、二人になると名前を失い、結局は騒々しく怒鳴る生き物になる。

姉妹はたいてい嫁に行く。一人はもう一人の夫を下品だと思う。一人はもう一人の夫のひねたウィットが苦手で、自分の夫を彼らへの楯に使う。それぞれの子供たちがいとこを持てるようにと姉妹は何とか交流を試みるが、多くの場合は疎遠になる。

夫たちは姉妹を失望させる。息子たちは出来が悪く、母親の愛情を安い町で遣い果たす。たった一つ鋼のように強固なのは、姉妹の互いへの憎しみだけだ。夫たちがしぼみ、息子たちが去ったあとも、これだけはいつまでも変わらない。

一つ檻に閉じこめられて、姉妹は怒りを腹のうちに溜めこむ。二人の顔は瓜二つだ。黒い服を着て、姉妹はいっしょに食料を買いに行く。夫たちは死んだ、息子たちもいつかの戦争で死んだ。怒りはあまりにしっくり体になじみ、もはや意識にものぼらない。ときどきうっかり忘れて、互いに優しくしたりする。

だが二人の死に顔は、長年の習慣のせいで険しく歪んでいる。

母親

女の子は短い話を書いた。「でも長い話だったらもっとよかったのに」と母親が言った。女の子は人形の家を作った。「でも本物の家だったらもっとよかったのに」と母親が言った。女の子は父親のために小さいクッションを作った。「でもキルトのほうがずっと実用的じゃないかしら」と母親が言った。女の子は庭に小さな穴を掘った。「でも大きい穴を掘ればもっとよかったのに」と母親が言った。女の子は大きい穴を掘り、その中で眠った。「でも永遠に眠ってしまえばもっとよかったのに」と母親が言った。

セラピー

クリスマスの直前に、私は街に引っ越した。独り住まいは初めての経験だった。では夫は？　夫は川向こうの、倉庫が立ち並ぶあたりの小さな部屋に住んでいた。

ここへは田舎から越してきた。田舎の人々は生白く鈍重で、どのみち私をよそものを見る目で見たし、会話をしようとしても無駄だった。

クリスマスの後、雪が歩道に積もった。それから融けた。それでも歩道は歩きにくく、何日か経って少し歩きやすくなった。夫が近所に越してきたのは、私たちの息子ともっとたびたび会えるようにするためだった。

街に来てからも、私には長いあいだ友だちが一人もいなかった。最初のうちは、ただ椅子に座って服から髪の毛や埃をつまみ、立ち上がって体を伸ばし、また座った。朝はコーヒーを飲み煙草を吸った。夜は紅茶を飲み煙草を吸い、窓のところまで行ってまた帰り、部屋から部屋へ歩きまわった。

一瞬、何かができるような気がすることもあった。だがその気分はすぐに去り、動きたいと思いながら動けなかった。

田舎にいたころのある日、やはり動けなくなったことがあった。はじめ体をひきずるようにして家の中を歩き、ポーチから庭に出、それからガレージに入り、そこでとうとう脳がハエのようにひとところをぐるぐる回転しだした。私は床にできた油染みの前で立ちすくんだ。ガレージを出るべき理由をあれこれ自分に持ちかけたが、どの理由も不十分だった。

夜になり、鳥たちが静まり、車の往来が途絶え、すべてのものが暗闇の中に退却すると、私は動いた。

ある特定の人々には今日あったことを言わないほうがいい、と判断したのが、その日の私にできたせめてものことだった。もちろん話した人はいる、それもすぐに。けれど相手は興味を示さなかった。彼はすでに私のことに何ひとつ興味を示さなくなっていたし、私の悩みとなるとなおさらだった。

街に戻って、私はまた本を読んでみようかと考えた。自分のふがいなさにうんざりしていた。いったん読みだすと、一冊では足りず何冊も同時に読んだ。モーツァルトの伝記、海洋の変化についての本、他にもたくさん読んだが、もう忘れてしまった。

私の活動のきざしに気を良くした夫は、座りこんで私に話しかけ、私の顔に息を吹きかけ、私をひどく疲れさせた。自分の生きづらさを夫には知られたくなかった。

読んだ本の内容をすぐには忘れなかったので、頭の調子がよくなってきたのかもしれないと思った。私は忘れるべきでないと感じたことを書き留めた。六週間本を読みつづけ、それから読むのをやめた。

夏のさなか、ふたたび気力がなくなってきた。私は医者に通いはじめた。すぐにその医者に物足りなさを感じ、べつの医者に、女医だった、予約を入れたが、最初の医者もやめずにいた。

女医の診察室はグラマシー・パークのそばの高級住宅街にあった。私はベルを鳴らした。意外なことに、出てきたのは女医ではなく蝶ネクタイをした男だった。男は私が自分のところのベルを鳴らしたことにひどく怒っていた。

すると女医が自分の部屋から出てきて、二人の医者は言い争いを始めた。男の医者は、女医のところの患者がいつも自分の部屋のベルを鳴らすといって怒っているのだった。私は二人のあいだに突っ立っていた。その後そこには二度と行かなかった。

べつの医者のところに行ったことを、私は自分の医者に何週間も黙っていた。気分を害するだろうと思ったのだ。だがちがった。いくら私が料金を払っているからといって、医者が私にどんなに罵られたり侮辱されたりしても黙っていることが、はじめのうち私をとまどわせた。医者はこう言って反論した。「黙っているといっても、もちろん程度問題ですよ」

一回治療を終えるたびに、もうここに来るのはやめようと思った。理由はいくつかあった。彼の診察所は、他の建物の陰になって通りからは見えない古い一軒家で、小径や木戸や花壇のある庭に囲まれていた。私が家に入っていったり出ていこうとすると、たまに見知らぬ人が階段を降りてきたりドアの向こうに消えたりするのがちらりと見えた。ずんぐりと背が低く、ぼさぼさの黒髪で、白いシャツのボタンを上まで留めていた。すれちがいざまに私のほうを見たが、まるで階段を上がっていく私がそこに存在していないかのように、顔はまったくの無表情だった。その男と医者がどういう関係なのかがわからないことも、私を不安な気持ちにさせた。毎回、治療の最中に、階下から男の声でひと言だけ言うのが聞こえた——「ゴードン」。

そこをやめたいと思ったもう一つの理由は、医者がいっさいノートを取らなかったことだ。私からすれば、彼は私の家族関係のことを忘れないようにノートに書き留めておくべきだった——兄が街のワンルームに独りで暮らしていることや、妹が夫に先立たれて娘が二人いること、父はいつも神経が張りつめていて口やかましく怒りっぽく、母は父よりもさらに辛辣に私をこきおろすことなどを。そして毎回治療の後にそのノートを見返してほしかった。それなのに彼は私を置いたまま背後の階段を降りていき、台所でコーヒーを淹れたりした。そうしたことが私には、やる気のなさと映った。

私が何か言うと医者が笑うのも腹立たしかった。そのくせ私が自分から面白いことを言うと、それにはにこりともしなかった。私の母を侮辱するようなことを言い、私は母と、自分の子供時代の楽しい思い出を傷つけられたような気がして泣きたくなった。何より嫌だったのは、しょっちゅう椅子に力なくもたれかかってため息をつき、見るからに退屈そうな顔をすることだった。

ふしぎなことに、あなたのせいで私はとても不安な暗い気持ちになるのだとはっきり彼に言うたびに、彼のことが前よりも嫌いでなくなった。何か月かすると、もうそう言う必要もなくなった。

前の治療から次の治療までのあいだに、ずいぶん長い時間が経っているような気がした。実際は一週間だったが、その一週間のあいだにきまってたくさんのことが起こった。ある日は息子と大喧嘩をし、次の日の朝には大家に立ち退き通知を突きつけられ、その日の午後には夫と出口のない長い話し合いをして、もう二度と和解することはないとはっきり知る、といったぐあいに。

私は言いたいことがたくさんできて、毎回時間が足りなくなった。自分の人生を滑稽だと思っているということを医者に伝えたかった。私はさまざまなことを話した。大家にだまされたこと、夫には恋人が二人いて、互いを嫉妬しているのに私は眼中にないこと、夫の家族に電話でひどい言葉を言われること、夫の友人たちに無視されること、道でしょっちゅう蹴つまずいて壁に激突すること。話しながら私は笑いそうになった。だが一時間の治療が終わるころには、人と面と向かうと口がきけなくなることについても話していた。壁があって、話せないのだ。「僕とのあいだにも壁がありますか?」と医者は聞いた。でも彼とのあいだにもう壁はなかった。

医者は私を見ながら、私の向こう側を見ていた。私の言葉を聞きながら、他の言葉も聞いていた。私をばらばらに分解してちがう形に組み立てなおし、それを私に見せた。私の行動があり、私がなぜそれをしたかについての彼の解釈があった。もはや何が本当なのかよくわからなかった。彼のせいで、自分で自分の気持ちがわからなくなっていた。いくつもの理由が群れをなして頭の周りをぶんぶん飛びまわった。羽音のせいで他の音が聞こえなくなり、頭はいつも混乱していた。

秋の終わりごろになると私はしだいに停滞し、話さなくなった。年が明けると、もはや筋道だてて物が考えられなくなった。私はさらに停滞し、ついにほとんど動けなくなった。医者は私が階段を上がってくる足音の虚ろさに、ここまで上がってくる気力もないのではないかと思った、と言った。

そのころの私は、ものごとの暗い面だけを見ていた。金持ちを嫌い、貧乏人には吐き気をもよおした。子供たちが遊ぶ騒音に苛立ち、年寄りの静かさは不気味だった。世界の何もかもが憎く、お金だけが自分を守ってくれると思ったが、お金はなかった。周りじゅうで女たちが金切り声をあげていた。どこか田舎の静かな精神病院に入ることを夢見た。

私はひたすら世界を凝視しつづけた。ただ二つの目があるばかりで、もはや何も理解せず、言葉ももたなかった。何かを感じる能力が少しずつ死んでいった。もう私の中に喜びはなく、愛もなかった。

そして春が来た。冬の季節に慣れきっていたので、木々に芽吹く葉は私を驚かせた。

医者のおかげで、私の中で何かが変わりはじめた。私は前よりも揺らがなくなった。いつも誰かが自分を貶めようとしているようには感じなくなった。

以前のように、面白いと思ったことにまた笑えるようになった。笑って、それからふと考えた――本当に、私は冬じゅう一度も笑っていなかった。冬どころか、まる一年間笑っていなかった。まる一年間、あまりに小さな声で話すので、誰も私の言っていることを理解しなかった。今はもう、電話で私の声を聞いてもみんな前ほど憂鬱そうにしなくなった。

あいかわらず、一歩まちがえばまた傷ついてしまうのではないかと不安だった。それでもだんだん心が弾んできた。午後を独りきりで過ごすことが増えた。ふたたび本を読みはじめ、メモを取るようになった。日が沈むと通りに出ていき、立ち止まって店のウィンドウを眺め、夢中になるあまり、向きを変えてまた歩きだすとき隣に立ってウィンドウを見ていた人たちと――きまって服を見ている女たちだった――ぶつかったりした。歩きだすと、縁石につまずいた。

回復したのだから、そろそろセラピーは終わりにするべきだと思った。私は待ちきれず、そして思った、セラピーというのはどうやって終わるものなのだろう？　知りたいことはまだあった。たとえば、一日から次の日へと自分をつないでいくので精一杯のこんな状態が、あとどれくらい続くのだろう？　それへの答えはなかった。セラピーにもきっと終わりはないのだろう。あったとしても、それを決めるのは、たぶん私ではないのだろう。

vacheたちが丘の上をゆっくりのぼっていくのをごらんなさい、頭からお尻、頭からお尻。vacheとはどんなものでしょう。vacheは朝に乳をしぼられ、夜にも乳をしぼられます。フンにまみれた尻尾を小さく振り、頭を首かせにつながれて。外国語を学ぶときは、かならず家畜の名前から始めるようにしましょう。注意してほしいのは、一頭の動物はanimalですが、複数の動物はanimauxと、auxで終わることです。最後のxは発音しないように。これらanimauxはfermeで暮らしています。fermeというフランス語は、私たちが英語で、何もかもが藁くずにまみれていて、庭が深くぬかるんで、冬の朝になると納屋の扉の前でフンの山が湯気をたてているあの場所を呼ぶのに使う言葉と、そう違いません。だから覚えるのも簡単ですね。ferme。

ここで定冠詞le、la、lesについて勉強しましょう。これらの言葉は私たちの国でもよく使われるので、みなさんもすでにご存じでしょう——le 車とか、le サンドウィッチ、le カフェ、les 少女たち、といった具合に。la vache のほかにも、ferme には——家屋は古びて色あせ、一方に傾いて錆びた釘であばたのよう、でもトラクターだけは真新しい——いろいろな animaux がいます。les chiens は飼い主である le fermier の前で縮こまり、les chats にわんわん吠えたてます。les chats はニャアと鳴きながら裏口からするりと逃げる。les poulets はコッコッといいながら地面をつついて le fermier の子供たちのお気に入りのペットになりますが、やがて le fermier に首をはねられ、la femme のあかぎれした手で羽根をむしられ、料理されて、la famille 全員の胃袋におさまります。以後、新しい単語が出てきても、特に指示がないかぎりは最後の子音は発音しないように。ただしその後に e がつく場合は例外ですが、それにもさらに例外があります。発音の規則と、山のようにあるその例外とについては、別の回であらためて学習しましょう。

さて、ここで語源について、それから言語の概念についても少しお話しましょう。

私たちの国と同じくフランスにも農業はありますが、言葉の発音がちがいます。スペルが英語と同じ agriculture なのは、どちらも同じラテン語から来ているからです。フランス語を学んでいると、たとえば la ferme のように、いくつかの単語が、それに相当する英語の単語とほぼ同じ、あるいはまったく同じスペルであることに気がつくでしょう。そういう場合はどちらも同じラテン語の単語を語源にもっているのです。そうでないフランス語の単語は、同じ事柄をあらわす英語の単語とスペルがまったく異なります。そういう場合は、そのフランス語はラテン語から来ているが、同じ事柄をあらわす英語のほうはラテン語ではなく、アングロサクソン語やデンマーク語などから来ているのです。以上、語源についての豆知識でした。語源についてはまた後のほうであらためて学ぶことにしましょう。なぜなら語源というのは本当に素晴らしく面白いもので、みなさんもこの講座を終えるころには、きっと同じ気持ちになってくれているものと期待しています。

先ほど、同じ事柄に相当する単語が英語にもあると言いましたね。厳密に言えばそれは正しくありません。本当は、同じ一つの事柄に対して複数の単語があるわけではありません。事実は逆——複数の事柄に対して一つの単語があるだけで、その単語も、名詞の場合はあまりに意味が広すぎるのです。以上の言語概念を心にとめつつ、以下に述べる例を聞いてください。

フランス語の arbre は、アメリカ東海岸の大通りに陰を落とす、私たちの子供時代のあの果てしなく長く暑くけだるい夏の日の楡(にれ)やカエデとは別のものですし、そもそもその子供時代もフランスの子供時代と同じではありません。だからたとえフランス人がアメリカの小さな町に立って、楡やカエデを指さしてarbreと呼んだとしても、それは本当は正しくないのです。arbreとは、たとえば古い町の広場に植わっている、枝も幹も短く刈られ、樹皮がウロコ様の斑点で覆われたプラタナスで、同じようなプラタナスが市庁舎から一列に並木を作り、その前を皺だらけの赤ら顔に古いキャップをかぶった男が自転車にまたがってふらふらと通りすぎ、角を曲がって裏通りに消えていきます。あるいはarbreは、プロヴァンスの焼けつくように乾燥した山あいに生えるずんぐりと葉の密な常緑のカシで、その下を歩いていく似たような人物は、青いジャンパーをはおり、何かの網や罠を重そうにかついでいます。arbreはまた夏にはla maisonのために涼しげな木陰を作りますが、忘れてはならないのはla maisonも私たちの国にあるような木造の、張り出しベランダと横長の玄関ポーチのある家ではなく、南北に細長く延び、壁は砂色の不ぞろいの石積みで、屋根は赤い瓦屋根、小さな正方形の窓には緑色の鎧戸があり、北側には窓が一つもないかわりに風除けの糸杉が隙間なく植えられ、南側には姿のよい桑やオリーヴの木が日除けがわりに植えられているということです。もちろんフランスのmaisonは一種類ではないし、その土地の気候や、外国たとえばドイツのような国と近いかどうかによって、建築の形も変わってきます。ですが人間は一つの単語——たとえば maison のような——に対して、一つのイメージしかもつことができないものです。ためしに house と言うとき、みなさんはどんなイメージを抱きますか？それは何種類もの家でしょうか？

いつになったら私たちは ferme のところに戻れるのでしょう？ 前にもお話ししたように、語学学習者はまず la ferme についてよく知ってから la ville に移るのでなければなりません。ちょうど人が、もう自然も生き物もかつてのように面白くも大切でもなくなった思春期を過ぎてからはじめて都会に出ていくべきなのと同じです。

la ferme の耕された農地の際に立つと、les vaches がモーモーと鳴きさわぐ声が聞こえてきます。冬の夕方の五時で、乳が張っているのです。納屋に明かりは灯っているものの外は暗く、le fermier の la femme は cuisine で野菜の皮をむきながら、少し心配そうに窓から外をのぞきます。使用人の男の姿が、納屋の戸口にシルエットとなって現れます。なぜあの人は右手に何か短いものを持ったままじっと動かずにいるのだろうと、la femme はふしぎに思います。les vaches などにみられる複数冠詞 les——スペルは l、e、s——は、変化はしません。ただし最後の s を発音しないように気をつけましょう。単数冠詞は男性形の le か女性形の la で、後にくる名詞によって変わります。これは新しい名詞を覚えるたびにいっしょに覚えなければなりません。いったいどの名詞が男性形でどの名詞が女性形なのかは判別のしようがなく、暗記するより他に方法がないのです。いくつかの法則、たとえば無音のeで終わる国名はすべて女性形である（ただしle Mexiqueを除く）とか、無音のeで終わるアメリカ合衆国のすべての州は女性形である（ただしMaine州を除く）、といった法則を――ドイツ語にも四季はすべて女性形、鉱物はすべて男性形という法則がありますが――暗記しようとしても、じきにそんなものは忘れてしまいます。それでもいずれみなさんも、la maisonが、誘うように開かれたドアといい、ほの暗い室内といい、ぬくぬくとした台所といい、まちがいなく女性だと思えるようになる日がきっと来るはずです。la bicyclette、これはいま初めて紹介する単語ですが、la bicycletteもまた女性、それもうら若い少女を思わせる言葉です。スポークにリボンをたなびかせ、農場から続く轍（わだち）のついた泥道を、ぐらぐら揺れながら走っていく少女。la bicyclette。でもそれは昼間の話です。les vachesが庭の柵の外に群れ集まり、モウと鳴いたり胃の中身を反芻したりしています。「反芻」や、おそらく「モウと鳴く」を意味するフランス語も、みなさんが使う機会はほとんどないでしょうから、覚える必要はありません。

使用人がla barriereを開くと、les vachesは乳房を揺らし、膝までla boueにまみれ、頭を上下させ、尻尾を振りながら、庭をゆっくり横切っていきます。彼らの蹄（ひづめ）が la grange のコンクリートの床をかつかつ踏むと、使用人は la barriere を閉じます。けれども、le fermier はいったいどこに行ってしまったのでしょう？　それに、le fermier はここ何日も un poulet の首を一羽もはねていないはずなのに、なぜ薪割り台がまだ真新しい sang に濡れているのでしょう？　名詞には定冠詞だけでなく、不定冠詞がつくこともありますが、何度も言うように、名詞を覚える際に冠詞もいっしょに覚えるようにすれば、名詞の性をまちがえることはありません。un は男性形、une が女性形です。では un poulet はどちらの性でしょう？　男性と答えた人は正解です、たとえその鶏が雌のヒナであってもです。けれどもそのヒナが生まれて十か月経ち、焼いたりフライにしたりローストしたりするよりも煮込むのに適するようになったころ、彼女は la poule と呼ばれるようになり、けたたましく鳴き騒ぎながら鶏舎の隅に卵を生むようになるでしょう。そして朝、その卵を苦労して探し集めていた la femme が、本来そこにあるべきでない何かを発見し、エプロンの中に卵を抱えたまま立ち尽くし、農地の向こうに目をやることになるでしょう。

poule、poulet そして英語の poultry（家禽）が、ことに字面で見るとよく似ていることに注目してください。これは三つとも同じラテン語から来ているためです。このことを知っておくと、pouletが覚えやすくなるかもしれませんね。pouleもpouletもpoultryも、chickenとはまったく似ていませんが、これはchickenがアングロサクソン語から来ているためです。

これまで、この最初の授業では名詞に重点を置いてきましたが、そろそろこのへんで前置詞を一つ紹介しても差し支えないでしょう。後のほうでは動詞も一つ出てくるので、授業が終わるころには、みなさんも簡単なセンテンスを作れるようになるでしょう。この前置詞がどういう意味なのかは、それが置かれている前後の文脈から理解してみてください。すでに今までに新しく出てきた単語についても同じようにしてきたことに、みなさんは気づくはずです。耳で聞いた音を、それが発せられた文脈と関連づけて覚えるというのはとてもいい言語の学習法で、これは子供が母語を習得するのと同じやり方です。もし文脈がたえず変化しつづけたら、子供たちは永遠に言葉を身につけられずじまいでしょう。また、一つの単語のいわゆる〝意味〟も、それが置かれた文脈によって百パーセント決まるので、一つの単語に固定された一つの意味が不可避的に付随しているということではなく、時とともに、また文脈から文脈へと、意味はつねに揺れ動いているのです。先ほども説明したように、フランス語の単語が〝意味〟しているのは、それに相当する英語の単語などではなく、フランスの日常における現実の事物なのです。これは言語に対する現代的で最先端の考え方ですが、今では広く支持されています。さて、ここで私たちのボキャブラリーに新しく加わるのがdansという言葉です。スペルはd、a、n、s、最後のsを――この場合はnの後のsと言ったほうがいいかもしれませんが――発音しないように注意しましょう。鼻から抜けるような感じで、dans。

la femmeをみなさんは覚えていますか？ 彼女が何をしていたかを覚えていますか？ 外はまだ暗く、les vachesはすでに視界から消え、あんなに鳴き騒いでいたのが今は静まりかえって、ただ一頭だけ苦しげに鳴き声を上げているのは病気にかかっているからで、le fermierが他の牛たちに伝染(うつ)らないようにと、この一頭だけは外に出さなかったのですが、ともかくもla femmeはまだ同じ場所にいて、朝、野菜の皮をむいています。彼女は――いいですか、よく聞いてください――dans la cuisine。la cuisineが何かは覚えていますか？ そこはune femmeが落ちついてles legumesの皮をむくことのできる、おそらく唯一の場所です。ここと、それから夏の涼しい夕暮れの日の当たる前庭が。

la femmeは小さな包丁をあかぎれのした手のdans(中に)握り、手首にはジャガイモの皮の切れ端がくっついています。ちょうど勝手口のすぐ外の薪割り台に、le sangにまみれた羽根がくっついているように――ただun pouletのものにしては妙に小さな羽根ではありますが。

皮をむかれて白く光るpommes de terreはune bassineのdansあり、la bassineは流しのdansあり、les vachesはla grangeのdans、いつもより1時間遅れてではありますが、います。彼らの頭上には山ほどの干し草が、きちんと縛られて屋根裏のdans積まれ、彼らの横には子牛が一頭、子牛檻のdansいます。天井から一列に吊り下げられた裸電球が、カラカラと鳴る搾乳用の首かせを照らしています。「首かせ」もまた、フランス語で覚える必要のない言葉です。もっとも英語でこの言葉を知っていると、ちょっといい気分になれますが。

　さて、これでみなさんはla femme、dans、la cuisineを覚えたので、はじめてフランス語の完結したセンテンスを簡単に理解できるはずですね。La femme est dans la cuisine. 口になじむまで、何度も声に出して言ってみましょう。La femme est ―― スペルはe、s、t、ただしsもtも発音しない――dans la cuisine. 他にもいくつか練習用の簡単なセンテンスを挙げておきましょう。La vache est dans la grange. La pomme de terre est dans la bassine.

La bassine est dans 流し台。

　問題はle fermierの行方ですが、次回の授業では彼を探してla villeまで行けるかもしれません。でもla villeに行く前に、いくつか新しい単語を覚えておいてください。

le sac———袋

la grive——ツグミ

l'alouette——ヒバリ

l'aile———翼

la plume——羽根

la hachette—手斧

le manche—柄(え)

l'anxietete—不安

le meurtre—殺人

昔、とても愚かな男が

女は疲れて具合が悪く、きちんとものが考えられず、服を着るのに何がどこにあるのかをいちいち男に訊ね、男はそのたびに辛抱づよく一つひとつのありかを教える——まずズボン、それからシャツ、靴下、そして眼鏡。眼鏡をかけたほうがいいと男が言うので女は言われたとおりにするが、それでも事態は好転しない。部屋は日当たりが悪く薄暗い。女は服を探してはそれを着ていくが、途中ほとんど服を着たまま、男の寝ているベッドにもぐりこむ。男はその朝、猫に餌をやるために早起きしていたのだが、彼が缶詰をあける音が、搾った牛の乳が金属のバケツに当たる音に似ているのを女は奇妙に思った。ほぼ服を着たまま寝ている女の横で、男はいろいろなことについて次から次へと話を始め、女は男が話すことに一つひとつちがった反応を見せ、まず憤り、それから激しく興味を引かれ、それから笑い、次に退屈し、また憤り、また笑い、やがて男は、こんなに話してばかりいて迷惑ではないか、もう黙ってほしいかそれとも続けてほしいかと女に訊ねる。女はそろそろ行く時間だと言って、ベッドから起き上がる。

女はふたたび服を探しはじめ、男もふたたびそれを手伝いはじめる。女は男に自分の指輪がどこにあるか訊ね、靴がどこにあるか訊ね、上着がどこにあるか訊ね、バッグがどこにあるか訊ねる。男はそれぞれの場所を教え、やがて立ち上がり、訊かれる前にいくつかの物を渡す。服を着おわると、女はやっと我にかえり、今の自分が前の日に地下鉄の中で読んでいたユダヤの説話とそっくりであることに気づく。バッグの中にはまだその本がある。話を一つ読んで聞かせてもいいかと女が訊くと、男はためらい、女は、この人はもしかしたら私に本を読まれるのが嫌いなのだろうかと思う、自分が私に読み聞かせるのは好きなのに。ほんの一パラグラフだと女が言うと男はわかったと言い、それで二人はキッチンのテーブルに座る。そのときは男もすでに服を着ていて、とてもよく似合うズボンに、白いTシャツを着ている。女は茶色い薄い本を開き、話を読む――

〈昔あるところに、とても愚かな男がいた。朝起きたときに服を探すのにひどく手間取ったので、朝また同じ苦労をすることを思うと、眠るのがためらわれた。ある夜、男は紙とペンを用意して、服を脱ぎながら、それをどこに置いたかを苦心して書きとめた。次の朝、彼は意気揚々と紙を手に持ち、読みあげた。「帽子」――あった、ここだ。それを頭にかぶった。「ズボン」――ここに落ちていた。それをはいた。そのようにして、男はすっかり服を着た。だが彼はひどくうろたえてこう思った。「うまくいった、たしかに俺は服を見つけてすべて着ることができた。だが俺はどこにあるのだろう？　この俺は、いったいどこにいってしまったんだ？」男は必死に探しまわったが、とうとう自分を見つけることはできなかった。私たちもみなこれと同じである、そうラビはおっしゃった。〉

女は本を閉じる。男はその話を気に入るが、結末よりも――「俺はどこだ？」――最初のほうの、彼の悩みとその解決方法のところのほうが気に入っているようだ。

女はというと、このとても愚かな男と自分はそっくりだと感じる。同じように服を見つけられなかったというだけでなく、服を着る以外のごく簡単なことさえときどき手に余るというだけでもなく、何より、彼女もしょっちゅう自分がどこにいるかわからなくなるし、ことに目の前のこの男に関して、自分がどこにいるのかがわからないからだ。たぶん私はこの男の人生のどこにもいない、と彼女は思う。男を訪ねてきた彼女は自分の家にいるわけではなく、この家がどこにあるかもわからず、まるで夢の中を歩くように通りをつまずいたり転んだりしながらたどり着いたが、男だって自分の本当の家にいるわけではなく、それどころかもはや男自身の人生にすらもういないのかもしれず、だから彼だってこう自問していてもおかしくないのだ――「俺はどこだ？」

女はいっそ自分のことをとても愚かな男と呼びたいと思う。「この女はとても愚かな男だ」と言うことはできないだろうか、ちょうど何週間か前、自分のことを髭の男と呼んだように。物語の中のとても愚かな男の行いが、自分がやるかもしれない、あるいは現にやっていることと同じであるなら、自分もとても愚かな男であるとみなしていいのではないか？ つい数週間前にも女は、カフェの隣のテーブルで書き物をしている人は誰でも髭の男だとみなしていいのではないかと考えたのだった。その日彼女がカフェにいると、一つおいて隣のテーブルで髭の男が書き物をしていたのだが、騒々しい女が二人入ってきてランチを食べはじめ、髭の男は書き物を邪魔された。それで彼女はノートに〈隣のテーブルで書き物をしていた髭の男が二人の女に邪魔された〉と書いたのだが、書きながら、自分も隣のテーブルにいて書き物をしているのだから、自分のことを髭の男と呼んでいることにもならないかと思った。彼女自身が変化したわけではないのに、「髭の男」という言葉が当てはまるようになったのだ。それとも変化したのだろうか。

男に話を読んで聞かせたのは、その話がたった今自分の身に起こったこととよく似ていたからだが、ひょっとすると逆なのではないかと女は思う。もしかすると前の日に読んだ話が彼女の頭のどこかに残っていて、それが彼女に服の場所を忘れさせ、あんなに困らせたのではないだろうか。その日の朝遅く、あるいはべつの朝だったかもしれないが、同じように彼の人生の中に自分を探し、やはりどこにも見つからず、彼ももはや彼の人生の中におらず、同じ愚かしさを感じながら出ていこうとしたとき、またしてもべつの錯覚が起こる。女は泣く、それは単に外で雨が降っていて、雨粒が窓ガラスを伝うのを見ていたせいだったが、そこでふと考える、私が雨を見て泣いているのだろうか、それとも逆に雨のほうが私に涙を流させているのだろうか、なぜなら私はふだんあまり泣かない。そう考えるうちに彼女の中でその二つ、雨と涙が同じものになる。それから通りに出ると、ふいに大きな音があちこちで同時に起こる――何台かの車がクラクションを鳴らし、トラックのエンジンが轟音をたて、部品のゆるんだべつのトラックが舗装の悪い道路をがたがた走り、工事夫が道路をどすどすと打ち――すると女はそれらの音が自分の中で鳴っているように感じる、まるで怒りと混乱が彼女を空っぽにし、胸の真ん中にできた空洞に、この金属のぶつかり合う大音響が入りこんだかのように。あるいは彼女自身が自分の体を抜け出して、できた隙間にこの音が入りこんだかのように――そのときふと女は思う、本当に音が私の中に入ってきたのだろうか、もしかしたら私の中の何かが通りに出ていって、このすさまじい音を立てているのではないだろうか？

たしかに私は美人ではない。短く切った黒髪は量が少なくて、地肌が透けて見えている。歩き方はせかせかしていて一方にかしいでおり、まるで片脚が悪い人のようだ。洒落(しゃれ)ていると思って買った眼鏡は――縁が黒くて蝶の羽根のような形をしている――まったく似合っていないと後でわかったけれど、新しいのを買うお金がないのでそのままだ。肌はヒキガエルの腹の色だし、唇は小さく貧相だ。それでも母は私よりもっと醜いし、歳も取っている。顔は干しスモモのように小さく黒く皺だらけで、口の中で歯がぐらついている。母と向かい合わせで食事をするのは嫌でたまらないが、向こうも同じように思っているのは顔を見ればわかる。

もう何十年も、母と私はこの地下室で暮らしている。母が料理人、私はメイドだ。二人ともあまり良い働き手とは言えないけれど、大概の人たちよりはましなので、誰も私たちを追い出せない。母の夢は、お金を貯めて私と別れ、田舎暮らしをすることだ。私の夢もほぼ同じだが、ときどき怒りで鬱屈しているときなどに食卓の向かいの母のごつごつした醜い手を見ると、食べ物を喉に詰まらせて死んでくれないかと願うことがある。そうすれば誰はばかることなく母の簞笥を開けて、手提げ金庫をこじ開けることができるのに。母の服を着て母の帽子をかぶり、母の部屋の窓を開けはなって、こもった臭いを追い出せるのに。

夜中の厨房で独りそんな空想にふけった翌日は、きっと具合が悪くなる。すると当の母が料理の仕事をそっちのけで私の看病にあたり、口元に水をもってきたりハエタタキで顔をあおいだりしてくれる。もしや私が弱っているのを見て内心ほくそ笑んでいるのではあるまいか、そんな疑いを私は必死に押し殺す。

前からこうだったわけではない。マーティン様が上の階に住んでいらした頃は、互いにほとんど口をきかなかったとはいえ、母も私ももっと幸せだった。私は今と同じくらい不器量だったが、マーティン様の前ではけっして眼鏡をかけなかったし、なるべくまっすぐ立ち、優雅な歩き方をするよう心がけた。前がよく見えないのでしょっちゅうつまずき、転んで顔を打つこともあった。歩くときにたるんだお腹を引っこめるので、夜じゅう筋肉が痛んだ。それでも私はくじけずに、マーティン様に愛されるような人間になろうと努力した。その頃は今よりもよく物を壊した。客間の花瓶の埃を払ったり鏡をスポンジで磨いたりするのに、手元がよく見えなかったからだ。ガラスが割れる音がすると、マーティン様は暖炉の前の椅子からはっと身を起こし、とまどった様子で天井のあたりを見る。私がきらきら光る破片のそばで息を殺していると、マーティン様は白手袋をはめた手で額を撫で、すぐにまた座ってしまわれる。

一度も私に声をかけてはくださらなかったが、そもそも誰かと話をしているところを聞いたことがなかった。きっと温かみのある、少しかすれたお声だろうと私は想像した。気持ちが高ぶると、やや吃ったりもするかもしれない。お顔もマスクの下に隠されて、一度も見たことがなかった。白っぽい、ゴムのようなマスクだった。頭全体をすっぽり覆って、シャツの襟の中まで続いていた。最初のうちは怖かった。初めてお目にかかったときは、気が動転して部屋から飛び出してしまったほどだ。何もかもが恐ろしかった——虚ろに開いた口、干しアンズのような小さな耳、頭のてっぺんに不格好に黒く塗られ、波打った形のまま動かない髪、むき出しの眼窩。誰だって一度目にすれば夢に見ずにおれないだろう。私も最初は寝床の中でうなされて何度も寝返りをうち、シーツで窒息しそうになった。

私は少しずつ慣れていった。マーティン様が本当はどんな表情をされているのだろうと想像するようになった。本を読みながらうっとりとなっているところを私に見つけられたとき、灰色の頬にバラ色の赤みがさすのが見えた。私の働きぶりをご覧になっているその口元が、感に堪えたように――憐れみと、称賛とで――小さく震えるのがわかった。そんなとき、私がちょっと気取ってつんと顎を上げて見せると、マーティン様はにっこりほほえんだ。

それでもときおり、あの薄い灰色の目でじっと見られると、もしかしたらすべては私の思いちがいなのではないかと不安になることもあった。あの方は私のことなど――こんな愚かで不器用な一介のメイドなど――いちいち構ってはいないのではないか。もしある日ちがう娘が部屋に入ってきて埃を払いはじめても、あの方は本からちょっと目を上げて、何の変化にも気がつかないまま、すぐにまた読書に戻ってしまうのではないか。そんな不安にとらわれるたび、私はしびれて感覚がなくなるまで手を動かして、何事もなかったかのように掃いたり洗ったりを続けた。すると迷いはじきに消えてなくなった。

私はマーティン様のために、どんどん自分の仕事を増やしていった。以前はクリーニングに出していた洗濯物も、私が自分で洗うようになった。だが店のようにうまくはできなかった。リネンは薄黒くなり、ズボンも不格好にアイロンがあたっていたが、あの方は怒らなかった。私の両手は腫れて皺だらけになったが、平気だった。以前は週にいちど庭師が来て、夏には生け垣を刈り、冬にはバラに麻布の覆いをかぶせていたが、それもお払い箱にして、私がその仕事を請け負った。私は雨の日も風の日も精を出した。庭ははじめ元気をなくしたが、しばらくすると息を吹き返した。枯れたバラの代わりに色とりどりの野草の花が咲き乱れ、砂利の小径のそこここを破って青々とした雑草が生い茂った。私はしだいに力が強くなり、顔はひっかき傷だらけになり、指は乾いてひび割れた。働きすぎでげっそりとやつれ、体からは馬のような臭いがしたが、気にならなかった。母は文句を言ったが、私は自分の体の一つや二つ、どうなっても構わなかった。

私は自分をマーティン様の娘のように感じたり、妻のように感じたり、時には犬のように感じることもあった。自分がただのメイドだということを忘れていた。

母がマーティン様の姿をいちども見たことがないのが、私たちの関係をいっそう秘密めいたものにした。母は日中は蒸し暑い厨房にこもり、せわしなくガムを嚙みながら料理をしていた。日が落ちてからやっと外に出て、散りぎわのリラの茂みのそばに寒そうに肩を抱いて立ち、雲をあおいだ。どうして会ったこともない人のために働けるのかと不思議に思うこともあったが、それが母という人間なのだろう。私が毎月お金の入った封筒を運んでくると、母はそれをいつもの金の隠し場所にしまった。マーティン様がどんなふうだか一度も私に訊ねなかったし、私も自分からは何も言わなかった。母がそれを訊ねなかったのは、そもそも私が誰だかわかっていなかったからではないかと思う。もしかしたら母は、世間一般の女たちのように夫と子供たちのために料理をしているつもりになっていて、私のことは妹だとでも思っていたのかもしれない。たまに、山にいるわけではないのに山を降りると言いだしたり、庭にジャガイモなど植わっていないのにジャガイモを掘ろうとしたりした。私は気味がわるくなり、やめさせようとして大声を出したり歯をむき出したりした。それでも母は一向にやめず、仕方なしにしばらく待っていると、また何事もなかったかのように私の名前を呼んだ。母がマーティン様に興味を示さないので、私は安心して好きなだけマーティン様のお世話をした。ごくまれに屋敷を出て散歩をされる時には後をついて歩き、食堂では自在扉の陰に潜んで板目の隙間からお姿を覗いた。スモーキングジャケットにブラシをかけ、室内履きの裏の塵をぬぐった。

でも幸せは長くは続かなかった。夏の盛りのある朝、私がとりわけ早く目を覚ますと、寝場所にしていた玄関間には明るい日差しが降りそそいでいた。私はずいぶん長いこと寝床に横になったまま、外の茂みにとまっているミソサザイのさえずりに耳を傾け、廊下の突き当たりの割れた窓ガラスから出たり入ったりしているツバメを眺めていた。それから寝床を出て、いつものように丹念に顔を洗い、歯を磨いた。暑い日だった。洗いたての袖無しの夏服を頭からかぶり、エナメル革のハイヒールをはいた。人生でそれが最後になるとも知らず、バラ水で体の臭いを消した。教会の鐘が荒々しく十時を告げた。朝食を食卓に置きに二階に上がると、マーティン様のお姿がなかった。私はお席のかたわらに立ち、何時間にも思えるほど長いあいだ待った。それから屋敷の中を探しはじめた。はじめは恐る恐る、しだいに狂おしく、まるで私が部屋に入るのと入れ代わりにあの方が逃げていくのを追いかけるように走りまわりながら、隅々を探した。箪笥の中から服が一枚残らず消え、本棚も空になっているのを見て、やっと私はあの方が行ってしまわれたのだということを理解した。それでもまだ何日間かは、戻ってくるかもしれないと思っていた。

一週間後、年寄りの女が粗末なスーツケースを三つ四つ下げてやって来て、マントルピースの上に安っぽい置物をこまごまと並べはじめた。それでやっとわかった。マーティン様は、ひと言の説明もなく、私の気持ちを斟酌することもなく、心ばかりの礼金もくれずに、荷物をまとめて永遠に出ていってしまったのだと。

この家はただの貸家だ。母と私は家賃に含まれている。人の入れ替わりは激しく、数年おきに新たな住人がやって来る。マーティン様もいつの日かいなくなる日が来ると、最初から知っておくべきだった。だが私は知らなかった。あの日いらい私は長いこと寝こみ、ますます顔を見るのも嫌な母が、私の欲しがるスープや冷やした胡瓜（きゅうり）をせっせと枕元に運んだ。病気のあと、私は死人のようになった。息が腐っていた。母は不快そうに顔をしかめた。私がよたよたと部屋に入っていき、敷居のところでつまずくと――尖った鼻の上にふたたび眼鏡を蝶のように載せるようになったというのに――住人たちはおぞけをふるった。

　今までだっていいメイドとは言えなかったが、最近ではどんなに気をつけても行き届かず、住人たちのなかには私が部屋を掃除していないのではないかと疑うのもいれば、客の前でわざと自分たちに恥をかかせようとしているのだろうと言うのもいる。叱責されても私は黙っている。ただ冷やかに相手を見返して、仕事に戻るだけだ。私が味わったほどの失望を、あの人たちは知るはずもないのだから。

コテージ

1　いっぽう、そのいっぽう

その人は七十九歳かそこらで、いっぽうでは彼女と話すのはひどく骨が折れる（彼女が夕食に降りてくる、食堂には彼女と私の二人きりだ。彼女は老人とは思えないほどよく食べ、メインの料理とデザートを何回かおかわりしたあと、節くれだった指でレーズンの箱をほじくり、食べおわった皿の上にレーズンを几帳面に並べて口に放りこみながら話し、たまに下唇からこぼれそうになると、ひょいと上を向いて口の中に戻す）、そんなふうに彼女と話すのはひどく骨が折れる、なにしろ彼女の話す話題は四つか五つしかないのだが、話そうとする人の名前も物の名前もことごとく忘れてしまい、それがどういうものか私に説明しようとして引き合いに出す、そのものの名前まで忘れてしまい（目を閉じて顔を上に向け、曲がった指でテーブルクロスをとんとん叩く）、説明にあまりに時間がかかりすぎて、そもそも何を話そうとしていたのかを忘れてしまい、急に黙ったり、全然ちがう話を始めたりするからだ（目を閉じたまま彼女は話す、硬くちぢれた白髪を細い毛糸でたばねている、それから目を開いて、舌をだらんと垂らしている自分の犬に大声で伏せ、と命令する、犬が伏せをしてもまだ気が収まらないのか足で頭を押さえつける、犬はおびえて上目遣いに彼女を見る）。だがそのいっぽうでは、四つか五つしかないその話題をめぐる彼女の話はいつまでも尽きることがない、なぜなら自分が言ったことも、質問をしたことも、それへの答えもすっかり忘れてしまうからで、だからまた質問し、また私が答え、それについて彼女がまた何か言い、それが食事のあいだじゅう、さらにその後もずっと、何度でも繰り返されるのだが（事実を彼女に伝えることは不可能だ。私の知っていることと彼女の記憶はどこまでいっても平行線で、私は彼女の知り合いを知らないのに、彼女は何度も何度もあの人を知っているかと私に訊ねつづける）、それでもたまに彼女の口から大恐慌時代のことや、街でアパートをいくつも所有していたこと、夫が地方紙にコラムを連載していたこと、またとない素晴らしい書き手だったことなどが語られるときがあり、しかもそれはひと連なりの長い物語のほんの一端で、そこで起こった出来事のことごとくを彼女は覚えている、そして次に会ったときにはきっとこの話を私にしてくれたことも忘れているだろうけれども、ごく稀にだが、覚えていることもある。

2　リリアン

真っ白の髪、足首ソックス、茶色の紐靴のリリアンは小さな老女で、夜明け前に流し台の前に立ち（私は木立の中に立って、コテージの壁ごしにその音を聞く、ここからは葦の茂った湖と黒くぬかるんだ湖畔、そして小割板の桟橋が見える）、白いリネンを手で洗ってコテージ脇の物干しに干し、午まえに取り込む。そしていま彼女はピクニックテーブルに座ってポーランド系ユダヤ人についての絵本を読んでいる。白い縁の眼鏡が絵に向けられているが、通りかかった私が訊ねると、本当は何も読んでいない、ただ酸っぱいリンゴと娘たちのことを考えていたのだと彼女は答える。彼女は朝からずっと大柄な二人の娘たちがやって来るのを待っている、そして娘たちの子供のころの料理を作ってあげるのを待っている。だがすっかり準備して一日じゅう待っていても、娘たちは来ないし電話もかかってこない。私はときどき窓の外をうかがうが、いつ見ても彼女はそこに独りで座っている。迷惑がられるのを恐れて電話もかけない。失意のうちに彼女は今までに何度も思ったことをまた思う、ここはあまりに遠すぎる、もうこのコテージに来るのは今年で最後にしよう。だがここへはもう何十年も来ているのだ、はじめは夫といっしょに、そしてある夏と次の夏のあいだに夫が死んでからは夫なしで。そしてまた彼女は考えている、どうして自分はこんなに人さまに迷惑ばかりかけてしまうのだろう。全然そんなことありませんよ！　そう私は言ったことがある、でも彼女はその言葉を信じない、それに自分の老いた体を人目にさらすのを恐れて他の老人たちといっしょに泳ごうとせず、夜明け前に独りで湖に下りていく。いま彼女は本を片づけ、眼鏡をしまい、ベッドのふもとに紐を解いた靴を置き、そして床につく、夜が来たからだ。横になったまま森のうえに夜の闇が下りていくのを眺めるのが彼女は好きだ、だが今夜はちがう、そういうことは前にもときどきあった、彼女は本当は見ていない、いや目は暮れていく森に向けられているけれども、見ているというよりは待っている、しばしば、そして今も感じている、自分は待っているのだと。

安全な恋

彼女は息子のかかりつけの小児科医に恋をした。こんな田舎に独りきり――誰に彼女を責められよう。

それはとても情熱的なたぐいの恋だった。同時に安全でもあった。医者と彼女は障害物で隔てられていた。二人を隔てていたもの――診察台の上の息子、診察室、スタッフ、彼の妻、彼女の夫、彼の聴診器、彼のひげ、彼女の乳房、彼の眼鏡、彼女の眼鏡、等々。

問題

XはYと暮らしているが、Zの金で生活している。YはWの生活費を出しているが、WはVとのあいだにできた子供と暮らしている。Vはシカゴに引っ越したいが、子供が母親のWとニューヨークにいるので引っ越せない。WはUと付き合っているが、Uの子供が母親のTとニューヨークで暮らしているので引っ越せない。TはUから金をもらい、WはYから慰謝料を、Vからは子供の養育費をもらい、XはZから金をもらっている。XとYのあいだに子供はいない。Vは自分の子供とめったに会わないが養育費を払い、UはWの子供と暮らしているが養育はしていない。

年寄り女の着るもの

年寄りになっておかしな服を着るのを、彼女は今から心待ちにしている。こげ茶とか黒とかの、もしかしたら小花柄だったりする、着古して襟ぐりや裾や袖口や脇の下がたるんで伸びた、ぺらぺらのワンピース。そんなのを、骨ばった肩から骨ばった腰そして膝にかけて、斜めにぞろりと引っかけるように着る。夏には茶色のワンピースに合わせて麦わら帽をかぶり、寒い季節には羊の毛みたいにちぢれた黒い厚手のコートを着てターバンや大きなフェルトの日よけ帽をかぶる。足元はわりあいおとなしめに四角いヒールの黒い靴と、足首までずりさがった分厚いストッキング。

だがそこまで歳をとる前に、今よりも一段階歳をとった状態で過ごす長い年月があるはずで、彼女はそれも今から楽しみだ。いわゆる人生の盛りを過ぎた、ゆるやかな下降の季節だ。もし夫がいるなら、きっと夫と二人で芝生に出て座るだろう。そのころまでに夫がいるといいと彼女は思う。今もまだいればよかったと思う。かつて彼女には夫がいた。かつて夫がいて、今はいなくて、この先またいればいいと願うことの、どこにも不自然な点はなかった。おおむねすべてのことは順番どおりに起こっていた。彼女には子供も一人いた。子供はいま成長期で、あともう何年かすれば大人になり、そうしたら彼女はそろそろ落ち着いて、誰か話し相手がほしくなるだろう。

友人のミッチェルと公園のベンチに並んで座って、彼女は〝中年後期〟になるのが今から楽しみだと言った。それが彼女なりのその時期の呼び名だった。べつの友だちがかつて名づけた〝青春後期〟はとうに過ぎ、〝中年前期〟もなかばに差しかかっていた。そうなれば今よりずっと穏やかに過ごせると思う、と彼女はミッチェルに言った。だってもう性欲がなくなっているんだし。

なくなってる？　とミッチェルが言った。彼女よりそう年上というわけでもないのに、彼は怒っているようだった。

じゃあ性欲が今より減っているから、と彼女は言いなおした。それでも彼の顔つきはまだ疑わしげだった。もっともその日の彼は虫の居所がわるく、彼女が何を言っても、怒るか疑わしげな顔をするかのどちらかだった。

するとと彼は、君は何もわかっていないようだから一言いわせてもらうけれどね、といった調子で言った。たしかにその歳になれば今より知恵は増えているだろう。でも肉体的苦痛はどうなんだ？　苦痛とまでいかなくとも、何らかの健康の問題はあるはずだ。そう言って彼は、腕を組んで公園に入ってきた中年後期のカップルを指さした。彼女はその前からすでに二人に気づいていた。

あの人たちだって今この瞬間、どこかが痛いのかもしれない、と彼は言った。たしかにまっすぐ立って歩いているけれど、やけにしっかり互いを支えあっているし、男のほうは足取りが心もとなげだ。あの二人が病気で苦しんでいないと、どうしてわかる？　彼女は街じゅうにあふれる中年後期や老年期の人々のことを思った。あの中に、顔には出さないけれども体のどこかが痛んでいる人たちが、いったいどれくらいいるのだろう。

そう、たしかに老人になれば、何もかもが故障する。耳は遠くなるだろう。もう今すでに遠くなりかけている。ひどいときは、耳の後ろに両手をあてがわないと言葉を聞き分けられない。年寄りになれば、両目とも白内障の手術をしなくてはならないだろう。手術をする前は、視界の真正面のコインほどの面積だけがちゃんと見え、その周りはぼんやりとしているだろう。物もしょっちゅうなくすだろう。まだ脚が使いものになればいいが、と彼女は思う。

ばかに大きな麦わら帽を頭にのせて、彼女は郵便局に行く。用事を済ませて窓口を離れ、並んでいる人たちの横を通りすぎるときに、列の中に乳母車に仰向けに寝かされた赤ん坊がいるのを見つけ、貪欲に歪んだ笑みを浮かべる。笑った口にはほとんど歯がない。彼女は列に並んでいる人たちに向かって何か言うが、誰も相手にしない。それでも寄っていってしげしげ赤ん坊を眺める。

彼女は七十六歳になっている。今日は人と話をしたし、夜にもまた話す予定があるので、少し横になっておかなければならない。パーティに行くのだ。まだ生きていることを知り合いの何人かに知らせるためだけに出かけていく。パーティでは誰も彼女に話しかけようとしない。酒を飲みすぎても、誰にも褒められない。

眠りは浅く、夜中にたびたび目を覚ます。まだ暗い明け方に目を覚ましていると、この世界に独りぼっちだという気がどうしようもなく高まってくる。朝早くに家の外に出て、たまにご近所の家の庭の草花を引っこ抜くが、その前に窓のブラインドが下りていることを確かめるのは忘れない。電車やバスに乗れば、窓の向こうの景色をまっすぐ見据えたまま、一時間とぎれめなしに鼻唄を歌いつづける。甲高く細く震える、蚊の羽音そっくりの声で、周りの人にはひどく不快だ。鼻唄が止んだと思ったら、上を向き、口を開けて居眠りを始めている。

でもそうなる前には、まずゆるやかな下降が、人生の盛りをやや過ぎた時期があるはずだ。今ほどにはいろいろなことが現役でなくなり、今ほどには多くを期待しなくなり、人生で何事かを成しとげたにせよ成しとげなかったにせよ、もうそれが大きく変わることもない。何よりいいのは、その頃にはきっと何か決まった習慣が確立されていることで、だからたとえば夕食が終わった後は、かならず二人で芝生に出て座ると決まっている。彼女と夫、二人で夏の長い夕暮れに芝生に出て本を読む。夫はショートパンツ、彼女は小ざっぱりとしたスカートにブラウスで、はだしの足を夫の椅子のへりにのせている。もしかしたら傍らには彼女か夫の母親もいて、やはり本を読んでいるかもしれない。母親は彼女より二十歳ほど年上だから、もうとうに老人と言っていいけれども、まだまだ庭仕事もでき、だから三人で庭を掘ったり落ち葉を拾ったり、いっしょに庭の計画を立てたりする。空の下、都会のこのささやかな地面に立って、彼らは庭の計画を練る。夕暮れどきに三つの折り畳み椅子を近寄せて座り、めったに会話も交わさず本を読む自分たちを取り囲む庭は、どんなふうであるべきかを話し合う。

でも楽しみなのはその時期だけではない、と彼女はミッチェルに言った。何もかもがゆるやかに下降して、同じくゆるやかに下降した夫と共にいる、それも楽しみだけれど、それからさらに二十年経って、滑稽に見えようが何だろうがかまわずにかぶりたい帽子をかぶり、お前それ滑稽だよと教えてくれる夫ももういない、そんな年頃も私は楽しみなのだ、そう彼女は言った。

友人のミッチェルは、まったく理解できないという顔をした。

だがもちろん彼女にはわかっていた。もしその時期が来れば、変な帽子もそれをかぶる自由も、きっとそれまでに失ってしまったものの大きさを埋めることはできないだろう。それにこうして口に出してみると、そんな自由について考えることさえ、大して楽しくはないような気がしてきた。

靴下

私の夫は今はべつの女と結婚している。私より背が低く、五フィートほどで、体つきががっちりしていて、だから夫はとうぜん前より背が高くすらっとして頭も小さく見える。私が彼女と並ぶと、なんだか骨太でがさつになったような気がする。それに彼女の背が低すぎて、どんな角度で立ったり座ったりしても、うまく目を合わせられない。夫が次にどんな女性と結婚するべきかについて、以前は確固たるイメージをもっていた。でも彼が付き合う女はどれもそのイメージにはほど遠く、なかでも一番かけ離れていたのが彼女だった。

去年の夏、二人が私の息子に会うために何週間かこちらにやって来た。彼と私のあいだの子だ。何度か気まずい場面もあったけれど、楽しい時もあり、だがその楽しい時も、もちろん少しぎこちなかった。二人は私の好意を全面的に当てにしているようだったが、たぶんそれは彼女の体調が悪いせいもあったかもしれない。彼女は苦しげで不機嫌で、目の下にくまができていた。二人は私の家の電話を使い、他のいろいろなものを使った。毎日浜辺からぶらぶら歩いて私の家までやって来て、シャワーを浴びてさっぱりすると、夕方、私の息子を真ん中にして、手をつないで出かけていった。私が家でパーティを開くと彼らもやって来て、二人でダンスをして私の友人たちの人気をさらい、最後まで居残った。息子のためと思って私はずいぶん無理をした。息子の前ではみんな仲良くするべきだと思ったのだ。最後のほうはひどく疲れてしまった。

彼らが帰る前の晩に夫の母親も招んで、みんなでベトナム料理屋に行くことになっていた。母親は飛行機でこちらにやって来て、翌日には夫婦と三人で中西部に向かう予定だった。夫の妻の両親がそこで二人のために盛大な結婚パーティを開くことになっていた。彼女の幼なじみの太った農場主たちとその家族に、彼をお披露目するためだった。

その晩、夫と彼女が滞在している街のアパートに行くとき、私は二人が家に忘れていったものを持っていった。クローゼットのドアの前にあった本が一冊、それから別の場所に落ちていた夫の靴下の片方。車でアパートの近くまで来ると、夫が歩道に立って、停まれと合図をしていた。中に入る前に話があると彼は言った。母親の気分がすぐれず、自分たちといっしょに泊まることができない。だから今夜はそっちが母を家に連れて帰って、泊めてやってくれないか。深く考えずに、私はオーケーしてしまった。彼女が私の家の中を見る目つきも、彼女に見られながらいちばん散らかっているところを片づけたことも、そのときは忘れていた。

ロビーで、二人の女は二つのアームチェアに向かい合わせに座っていた。どちらも小柄で、タイプのちがう美人で、ちがう色の口紅をしっかり塗り、そしてどちらも――とあとで私は思った――ちがう種類のか弱さがあった。二人がロビーにいたのは、夫の母親が上に行くのを怖がったからだった。飛行機には平気で乗れるのに、アパートの二階より上には行けないのだった。昔はここまでひどくなかった。窓さえしっかり閉まっていれば、なんとか八階まで行けた時代もかつてはあったのだ。

夫は店に行く前に上に本を置きにいったが、靴下のほうは路上で私から受け取ると、ズボンの尻ポケットにひょいと入れて、そのままレストランで食事をした。黒い服を着た母親は、テーブルの端に空席と向かい合わせて座り、ときどき孫の車で遊んでやり、ときどき自分の料理にコショウやその他の強い香辛料が入っていないかどうかを、まず夫、つぎに私、つぎに彼の妻に訊ねた。それからみんなで店を出て駐車場にいたとき、夫が尻ポケットから靴下を出して、なぜこんなものがここにあるんだという顔つきでそれを見た。

小さなことだったが、その靴下のことを、私はずっとあとまで忘れられなかった。その靴下の片方が彼のポケットの中にあったとき、私たちは街の東のはずれのよく知らないベトナム人街にいて、隣はマッサージパーラーで、私たちの誰もその街のことをよく知らないままいっしょにそこにいて、そしてなぜだろう、私は彼のことをまだパートナーのように感じていた。互いにパートナーとして過ごした長い年月のあいだに、いっしょに住んださまざまな場所で床から拾ったたくさんの靴下を、私は思わずにいられなかった。彼の汗でごわつき、かかとの部分がすり切れた靴下。それから、かかとや親指のつけ根の薄くなった生地ごしに輝いていた、彼の足の裏。彼がベッドにあおむけに寝て本を読み、脚を足首のところで交差させていると、左右のつま先はてんでにべつの方向を指した。それから体の向きを変えて横になると、きちんと重ねた足は二つに割った果実のようになる。そして本から目を離さないまま手を下に伸ばして靴下を脱ぎ、小さく丸まったのを床に落としてから、また手を下にやって足指をいじる。いま読んでいる本のことや考えていることを私に話すこともあれば、私が同じ部屋にいるのかいないのかも気づいていないこともあった。

靴下のことはずっと忘れられなかったが、二人が去ったあと、さらにべつの忘れ物が見つかった。彼女が私の上着のポケットの中に忘れていった、赤い櫛、赤い口紅、それに薬の入った瓶。しばらくのあいだ、三つは小さく寄せ集められて台所のあっちのカウンターに置かれ、こっちのカウンターに置かれ、その間何度も彼女に送り返そう、もしかしたら大事な薬かもしれないからと思いながら訊くのを忘れ、そのうちとうとう引き出しの中にしまわれた。次にまた来たときに渡せばいい、それもさほど遠いことではなさそうだしと思い、そう思ったとたん、またどっと疲れが襲ってきた。

情緒不安定の五つの徴候

街に戻ってから、彼女はほとんどの時間ひとりきりだ。広いアパートは彼女のものではなく、だがまったく無縁の場所というわけでもない。

彼女は日々ひとりで机に向かうが、ときおり仕事から顔を上げ、次に住む場所を見つけられるだろうかと思い悩む。このアパートには夏の終わりまでしかいられないのだ。やがて夕方になると、誰かに電話しなければと思いはじめる。

彼女はあらゆるものをつぶさに見る。自分自身、このアパート、窓の外の景色、天気。

ある日激しい雷雨があり、表通りを暗い黄と緑に光らせ、路地を黒く光らせる。路地に目を凝らしていると、雨で溝からあふれた泡がコンクリートの上を流れていくのが見える。またべつの日には強い風が吹く。

彼女がドアのそばに立ってドアノブを見つめている。真鍮のノブがひとりでに動いている、ごくわずかにだが、右に左に回り、小刻みに揺れうごく。彼女はおびえるが、やがてドアの向こう側で、かすかな足音や布が板の上で擦れる音や、その他さまざまな小さな音が聞こえ、それでドアマンがドアの外側を拭いているのだとわかる。だがドアノブの動きが止まるまで、彼女はそこを動かない。

彼女は頻繁に時計を見、今が正確に何時何分か、そして十分後には何時何分になっているかをつねに意識している、時間を知る必要などまったくないのに。そして彼女は自分がどんな気分かも正確に知っている、今は落ち着かない、十分後には怒っている。自分がどんな気分かを知ることには死ぬほど嫌気がさしているが、やめたくてもやめられない、一瞬でも見るのをやめてしまったら自分が消えて（どこかに行って）しまいそうな気がして。

キッチンのほうから明るい光が洩れている。電気を点けた覚えはない。光は開いた窓から射している（今は夏の終わりだ）。朝なのだ。

べつの日、早朝の低い太陽が、通りの向かいの公園の端ちかくにかかり、裸の幹の一本と、木立のこちら側の葉むらの輪郭を白く浮かび上がらせて、灰色の粉を振りかけたように見えている。その向こう側は、暗闇だ。

彼女が通りに面した窓のそばに立って公園を見ているその前で、窓台の鉢植えが何枚か葉を落としている。

もし誰かと電話で話せば、きっと自分の声は誰も聞きたくないようなことを伝達するだろう。相手に届くように話すこともできないだろう。

中庭から聞こえてくる種々雑多な物音のさなかに（夕方、彼女はそれを書き出してみる――皿の鳴る音、エレキギター、女の笑い声、トイレを流す音、テレビ、水道の音）、とつぜん喧嘩が始まる。男とその母親だ（男が低い声でどなる、「母さん！」）。

何年かぶりにここに戻ってきて、彼女は思う、この場所は苦しみに満ちている、と。

好きな番組が皆無に近いうえに映像の映りも悪いのに、彼女はたくさんテレビを観る。きれいに映るものなら、腹立たしい内容でもすべて観る。ある晩、同じ顔を映画で二時間見つづけたあと、彼女は自分の顔が変わってしまったような気がする。だが次の晩の同じ時刻には何も観ず、そして思う――時刻は同じでも、夜が同じではない。

のちに彼女は情緒不安定の徴候をリストアップしてみるが、そのうちのすくなくとも二つがテレビがらみだ。

もうこれ以上は一刻の猶予もならない。住む場所を探しに行かなければ。だが彼女はそれをしたくない、自分の場所と呼べるものがないことを自分自身に認めたくないから。それくらいなら何も手を打たずに、終日アパートの中にいたほうがましだと思う。

彼女は何度かアパートを見にいく。あまり金がないので最低の家賃のところばかり探す。雑貨屋の上の部屋を見、イタリア人男性専用の社交クラブの上の部屋を見る。三つめに見た部屋は何もないただの箱で、奥の部屋の床には大きな穴があいているうえ、庭はイバラが伸び放題だった。不動産屋が彼女に詫びを言う。

夕方になり、もうアパートを探すには遅い時間になると、彼女はほっとする。これで帰ってテレビを観ながら飲んだり食べたりできる。

彼女はしばしばテレビを観て泣く。たいていは夜のニュースに出てくるもの、どこかの誰かの死や大勢の死、あるいは自己犠牲的な美談、生まれつき病気の赤ん坊の映像など。だが時には老人や子供が出てくるコマーシャルでも泣く。子供が小さければ小さいほどよく泣くが、たまにティーンエイジャーを観ても泣く。ティーンエイジャーは嫌いなのに泣く。ニュースが終わると、荒い息のままキッチンに向かう。

彼女はテレビの前で夕食をとる。さらに一、二時間すると酒を飲みはじめる。飲みつづけるうちに酔っぱらい、物を落とし、書く文字は判読不能になる。単語の文字がそこここで抜け落ちるので、全部をもう一度丹念に読み返して抜けた字をおぎない、読みにくい言葉の上にブロック体で同じ語を書きなおす。

かつての彼女はほどほどということを知っていたのに、今はもう忘れかけている。彼女の皿の洗い方は乱暴で、泡がそこらじゅうに飛び散り、水しぶきが床や服の前を濡らす。昼間は何度も手を洗う。力をこめ、ほとんど暴力的に手をこすり合わせる。手に触れたものすべてが油でぬるぬるしているような気がするから。

彼女はドアの前に立ち、大理石のロビーで誰かが吹く口笛を聴く。

ある日、彼女は借りてもいいと思うアパートを見る。素敵とは言えないが、それでも借りたいと思う。もう一度自分の家を持ちたかったたし、賃貸契約によってこの街とつながりたかったたし、もうこんな、世界じゅうで居場所もなく根を持たないただ一人の人間になったような気分のまま暮らすのは嫌だった。ここに越して、パーティを開くところを彼女は思い描く。そしていくつかの書類にサインをする。不動産屋は、契約が成立したかどうかを後で電話で知らせると言う。彼女は歩いて帰り、不自然なほどゆっくりとした動作で食料品を買う。あまり急激に動くと何かが壊れてしまいそうだから。その日の彼女は一日じゅうそんなふうに、静かに、注意ぶかく動きつづける。すると夜になって不動産屋が電話をかけてきて、あのアパートはだめだったと告げる。持ち主の気が急に変わって、貸さないことに決めたのだという。とうてい信じられない説明だと彼女は思う。

きっともう住む場所は永遠に見つからないだろう。

彼女はベッドに寝て瓶ビールを飲む。飲みおわり、瓶を下に置こうとするが、カバーをかけていないベッドサイドテーブルには置けない、跡がつくし、これは彼女のテーブルではないから。本の上に置くが、その本も彼女のものではない。だからべつの本の上に置きなおす。それは彼女のもので、聖歌集だ。

それから彼女はさっき脱いだ服が椅子の上に丸めて置いてあるのに気づいて起きあがる。次の日着たくなるかもしれないからきちんと畳んでおこうと思い、じっさい畳むが、酔っているのできちんと畳めていないのが自分でもわかる。ビールを二本飲んだあとドランブイを一杯飲み、さらにもう一本ビールを飲んで、それで酔っている。

酔っているが、それでも頭はいくつかの考えを、苦労しながらではあるが、追いつづけている。頭がきちんと働いているので、自分はまだ賢いと彼女は思う。自分の賢さはもう昔のようには価値がなくなってきた、と思う。歳をとるとともに、どんどん価値が減っていく。

彼女は真っ暗ななか横たわり、気をしっかり持とうとする。街に戻ったせいで、崖っぷちに立たされてしまったのをはっきりと感じる。すでに夜中の二時だが、眠りは訪れない。

白いトラックの横腹に、紺色の、翼を広げた鷲。それを探して窓の外を見ていると、待っていた郵便トラックが消火栓の脇に来て停まるのが見える。トラックから郵便袋が歩道に放り投げられ、このアパートの用務員がそれを引きずって行くが、途中で袋の首をつかんだまま立ち止まり、べつの用務員と話を始める。見ているうちにだんだん怒りがこみ上げてくる。あの袋の中に自分あての手紙が入っているかもしれないのに。

いい感じの裏通りにアパートがあると人から教えられるが、彼女はそこを見にいかない。一つ下の階に知的障害の男とその父親が住んでいて、二人がしょっちゅう怒鳴りあいの喧嘩をするのが聞こえるとも聞かされたからだ。

この日はふたたび暗く、今にも雨が降りそうだ。どんよりした光のなか、彼女は観葉植物の枯れ葉を掃き、鉢植えに水をやる。今日はすべてがきちんとしている。

ダイニングルームで、彼女は書棚の分厚い本を押してまっすぐに立てなおす。棚の本はどれも斜めに大きく傾き、長いあいだ半分開いたままで、表紙がゆがんでしまっている。居間にはガラス扉のついたべつの書棚があり、その上には、長針があるところに来るたびに耳障りな音をたてる置き時計がのっている。彼女は廊下を歩きながら、さらに棚の本をまっすぐ立てなおしていく。廊下は暗く長く、いくつもの曲がり角があり、一つ角を曲がるごとに新たな廊下があらわれ、それが無限に延びているように見える。

寝室でテレビを観ていると、弦楽四重奏とか、何かクラシック音楽が聴こえることがある。小さいが、とても鮮明な音だ。初めて聞いたときは、部屋のどこかにラジオがあって、うんと小さな音で鳴っているのかと思った。彼女は耳を澄まして部屋の中を歩きまわった。部屋の壁は暗色で、窓にはシェードが下り、粗(あら)いグリーンの塗装の低くて大きなチェストの上には彼女が何度も何度も見る鏡があり、クローゼットの三枚の扉にも三枚の縦長の鏡があって、それもよく見た。音楽は、顎ひげを生やした男の写真の額の下にあるラジエーターから聞こえていた。男は古典学者で、他の部屋の崩れかかった本の所有者でもある。ラジエーターに耳を近づけると、音楽はつまみの部分から漏れているのがわかった。今また彼女はベッドに横になり、音楽を聴いている。とてもかすかな音なので、考えをじゃまされることはない。

ある日、手の上をハエが這い、そのハエを友だちのように感じる。同じ日、通りで警官を呼び止めて話しかけたい気持ちに駆られる。その衝動はすぐに消える。

彼女は何人かの人に電話をしようと決心する。誰かと話をしなければだめだと自分に言い聞かせる。彼女は恐れ、ついで恐れを感じた自分に怒り、いつも自分のことばかり考えることに怒り、いつも世の中の暗い面しか見ないことに怒る。だがどうやってやめればいいのかがわからない。

彼女は禅の本を読み、ブッダの八つの聖道の八つの段階を紙に書き出してみて、この通りにやってみようかと考える。要するに何もかも正しくやればいいのだ。

すでに寝てもおかしくない時刻なのに、彼女はまだ何か食べる。シリアルを食べ、シリアルのあとにバターを塗ったパンを食べ、ついでマシュマロを食べ、他にもあれこれ食べる。彼女は腹ばいに寝て、何冊かの本の表紙を眺める。これでもう何も食べずに本を読みつづけられる。腹がふくれてうつぶせになるのが苦しく、石か、束ねた棒きれの上に寝ているようだ。長旅に備えてナップザックやボートをいっぱいにするように、彼女は腹をいっぱいにした。夜はいつもひどく長くて暑く、彼女は何度も起きたり寝たりしながら落ち着かない夢を見る。あるいは眠りはなく、ただ厳しい問いだけがある。だが涙はない。

クーラーの音に重なるように、雨が降りつづいている。柔らかく地面を打つ音にまじって、ときおりひときわ大きくぴしゃんという水滴が中庭に響く。

彼女は寝つけない。耳をマットレスに押し当てて自分の大きな鼓動を聴いている。まず心臓から血が勢いよく送り出され――それがはっきりと感じられる――一瞬ののち、耳の奥が鈍く鳴るのが聞こえる。シュタンプ、シュタンプ、そう音は聞こえる。やがて彼女は眠りに落ちかけ、自分の心臓が警察署になった夢を見て、また目を覚ます。

べつの夜には、それは肺だ。目を閉じると、自分の肺が部屋と同じくらい大きく暗く、折れそうに細い骨の籠いっぱいにふくれあがり、彼女はその暗い片肺の底にうずくまり、吹きすさぶ風の音を聞いている。吸って、吐いて。

自分のふるまいのいくつかが、急に奇妙に思われる。また、普通なら怖がるべきできごとが起こるが、それは怖くない。

こんなことが起こる。一日の終わりにニュースをつけると、すぐさま男のニュースキャスターがまっすぐに彼女の目を見つめ、耐えがたいほどの圧力で話しかけてくる。人から話しかけられるのは、その日それが初めてだ。何分間か、じかに語りかけられてすっかり動揺したまま、彼女はキッチンに行ってオムレツを作る。卵をかきまぜ、バターが焦げかけているフライパンに流しこむ。オムレツが形になり、泡立ちながら、ふつふつ、ぶつぶつと、いつものあの荒々しい音を立てるのを聞いているうち、彼女は突然オムレツに話しかけられるのではないかという気がしてくる。鮮やかな黄色の、油に点々とまみれて光るオムレツが、フライパンの中でゆっくりとふくらみ、またしぼんでいく。

というより、オムレツがしゃべるものだとは思っていないのに、それが何も意味のあることを語りかけてこないのは意外なのだ。だがそのときのことを後で思い返してみて、あれはある種の肉体的な暴力だったと彼女は気づく。オムレツの無言が大きなバルーン状のものとなってオムレツから出て、彼女の鼓膜を圧迫していたのだ、と。

だが彼女を本当におびえさせたのはそれよりも、つい最近ハイウェイで経験した情緒不安定の徴候で、その恐怖から彼女は情緒不安定の徴候を数えあげ、リストにする。だがそこでも彼女は決めかねる。たとえば大声で独りごとを言うとか物を食べすぎるといったような、自分にとってはごく普通に思えることを情緒不安定の徴候としてカウントするべきなのか、それとも他人から見て多少なりとも異常と映ることをカウントするべきなのか。けっきょく十か十一ほどピックアップしたなかから、本物の情緒不安定の徴候だと思えるものを五つか七つかで迷った末に、五つ選ぶ。それは、そんなものが七つもあるとは考えたくないからでもある。

すべては疲れのせいであってほしいと彼女は思う。住む場所さえ見つかればこんなことも終わるだろう、と。この際どんな場所でもかまわない、すくなくともとっかかりはどこでもいい。いま目の前には二つの選択肢がある。明るくて広々としているが、彼女が物騒だと思っている地区にあるアパートか、狭苦しく騒音がひどいが、彼女の好きな界隈（かいわい）にあるうなぎの寝床式フラットか。

ハイウェイで起こったことというのはこうだった。料金所のブースが近づいて、彼女は車列の後ろにつこうとしていた。手の中には二十五セント硬貨が三枚あった。料金は五十セントだったから、二枚を残して一枚を戻せばよかった。だがどの一枚を戻すべきかが決められなかった。彼女は何度も下を向いて硬貨を見、同時に運転もしようとして顔を上げ、料金所のブースが近づくにつれ、今にも停まってしまいそうに、だんだんセンターラインに寄っていった。下を向くたびに、三枚の硬貨は二枚と一枚に分かれ、だがその一枚を戻そうとするとそれが二枚組の片割れに変わってしまい、戻せなくなった。何度もそれを繰り返すうちにブースがどんどん近づいてきて、ついに無理やり一枚を戻した。どれを選んでも同じだと自分に言い聞かせようとしたが、そうではないのがはっきりとわかった。そこには厳然たる規則が働いていて、だが自分にはそれがどんな規則なのか見えないのだという気がした。

怖かった。規則を破ってしまったというだけでなく、何分間か行動能力を完全に失ってしまう経験はこれが初めてではなかったからだ。それに、結局はなんとか硬貨を一枚戻し、料金ブースのところまで行き、料金を払い、さらにその先に向かって走っていくことはできたものの、あそこであのまま動けなくなり、ハイウェイの真ん中で車を停めてしまって、どっちつかずのまま立ち往生してしまう可能性もじゅうぶんにあった。

そして、もしもそんな些細なこと一つさえ決められないのなら、他のどんなことも決められないのではないか、なぜなら一日はそうした決定の連続なのだから——この部屋に入るべきかあの部屋に入るべきか、道をこちらに行くかあちらに行くか、地下鉄のこの出口から出るかあの出口から出るか、等々。そのうえその決定の一つひとつに幾通りもの理由づけがあり、ただ決められないだけでなく、どの理由にもとづいて決めるかさえ決められないことが往々にしてあった。もしかしたらそんなふうにして完全に体が動かなくなり、人生そのものが立ち行かなくなるのではないか。

だがその日の午後、水に腰まで漬かりながら、やはり自分はまちがっていないと彼女は思う。何もかも、ただ疲れているせいなのだ。彼女は眼鏡をはずし、浜辺の岩場で腰までの深さの水の中に立っている。立ったまま何らかの啓示が訪れるのを待っている、訪れそうな気がしている。だが頭の中にさまざまな思いが浮かんでくるのに、啓示と呼べそうなものは一つもない。

彼女は自分に向かって寄せてくる視界いっぱいの灰色の波を見つめる。波は強風に削られて石のように硬い多面体の断面を見せ、海の灰色に目を洗われるような気がする。自分の精神を不安定にしているのは、住む場所がないということだけではなく、人生に何かもっと大きな破綻があるからなのだろう、それはわかっている。それでも家を見つければ何かが変わるはずだ。きっと何とかなる、最後にはすべて丸く収まるだろう、そう彼女は思う。それから入江の向こうに遠くかすんでほとんど消えかかっている工場の煙突に目をやり、そして思う。でもこれもやっぱり私の待っている啓示ではない。

訳者あとがき

『分解する』*Break It Down* はリディア・デイヴィスが一九八六年に発表した短編集で、それ以前にも小冊子形式の著作はあったものの、実質的にはこれが彼女のデビュー作となる。これ以降、デイヴィスは『話の終わり』(九五年)、『ほとんど記憶のない女』(九七年)、『サミュエル・ジョンソンが怒っている』(二〇〇一年)……とコンスタントに小説を発表していくが、それらすべてを貫く彼女らしさ、デイヴィスをデイヴィスたらしめているものが、本書にはすでにはっきりとあらわれている。

彼女のすべての短編集がそうであるように、この本にも、長さもスタイルも雰囲気もまちまちの短編が多数おさめられている。救いのない不動産に全財産をつぎ込んだ男が、理想の家屋の設計の幻想を若い猟師と共有していくさまを描いて不思議に美しい「設計図」。語学講座のテキストの裏で不穏な事態が進行していく「フランス語講座　その1――Le Meurtre」。交錯するいくつものイニシャルが数学の問題文めいてくる、わずか数行の「問題」。例の昆虫をめぐる飄々とした味わいの歳時記「秋のゴキブリ」。人生で何ひとつ成しえない男のオブローモフ的生活を描く「ワシーリィの生涯のためのスケッチ」。街で見かける奇妙な人たちは実は市の雇われ人であると主張する「街の仕事」――。小説、伝記、詩、寓話、回想録、エッセイ……と縦横無尽にスタイルを変化させながら、そのどれもに書くこと・読むことに対してつねに意識的であるディヴィスの姿勢が感じられ、そしてどれもが無類に面白い。

なかでも彼女の作家としての本質がよくわかるのが、表題作の「分解する」だ。男が紙を前に座っている。彼はある女との短命に終わった情事を、費用対効果という観点から総括しようとする。何にいくら金を使ったか。どれだけの時間を一緒に過ごしたか。しめて経費は一時間あたり何ドルになるのか。彼は情事の記憶を目録化し、数値化し、無機質なパーツに分解しようとする。だが理屈で割り切ろうとすればするほど、感情と痛みは押さえつけられることを拒み、二つのベクトルのせめぎ合いのなかで彼の語りは混乱する。理性的な言語によって感情や痛みから自己を切り離そうとしながら、その努力そのものが、そうまでして否定しなければならないものの大きさをありありと想起させてしまう。かつて愛であったものを「一時間何ドル」に換算しようとする彼の行為は痛ましく、それでいてどこか滑稽でもある。

あるいは「私に関するいくつかの好ましくない点」。恋人から突然別れを告げられた語り手の「私」が、関係が破綻した原因を何とかして解明しようと、とりとめなく思考をめぐらせる。

もしかしたら前の夫の話をしすぎたのかもしれない。それでまだ前の夫のことを忘れられずにいると誤解させてしまったのかもしれない。もしかしたら彼は私の眼鏡が目に刺さるのが気になって通りでキスできないのが不満だったのかもしれない。それ以前に眼鏡の女が好きではなかったのかもしれない。いちいち青い色のレンズ越しに私の目を覗きこむのが嫌だったのかもしれない。あるいはインデックスカードを使うような人種が嫌いなのかもしれない。

痛みを言葉に置き換えようとするプロセスを実況中継するかのような文章は、語り手の脳内を覗きこんでいるかのような不思議な近さに読み手を誘いこむ。それでいて、そんな自分を一歩引いたところから冷静に観察しているもう一人の「私」もそこにはいて、男の歌に伴奏をつけるためにバンジョーを習うことを夢見たり、やけ酒を飲んであちこちに電話をかけまくる女の滑稽さを克明に記録している。

本書にはまた、長編『話の終わり』の原型とおぼしき短編がいくつか含まれている。本書の九年後に出た、今のところデイヴィス唯一の長編『話の終わり』は、ある女性作家を語り手に、過去の恋愛の顛末を、記憶を頼りにできるだけ忠実に再構築しようとする（そして脱線していく）小説だが、たとえば本書冒頭の「話」は、そのまま長編の中の一エピソードとして語り直されているし、「手紙」に出てくる謎めいた手紙は『話の終わり』の話の発端にもなっている。前述の「分解する」も、同じエピソードの男女を逆転させたバージョンであることを伺わせる。本書を読んだ上であらためて『話の終わり』を読んでみると、経験や記憶や感情が、いかに作家の手で言葉に翻訳され、結晶化していくか、その過程がわかるようで面白い。

補足をいくつか。

「ある人生（抄）」は、バイオリンのスズキ・メソードの創始者、鈴木鎮一の自伝をコラージュしたもので、微妙にぎこちない、翻訳調の英語で書かれている（ちなみに『サミュエル・ジョンソンが怒っている』収録の「マリー・キュリー、すばらしく名誉ある女性」も伝記の切り貼りだが、こちらは微妙どころではなく盛大に変な英語で書かれている）。なお、作中に出てくる小林一茶の俳句の元は、おそらく「古郷や餅につき込春の雪」。

W・H・オーデンは一九七三年没のイギリス生まれの詩人で、「哀悼のブルース」（〝彼は俺の北であり、南であり、東であり、西だった〟）や「見る前に跳べ」（大江健三郎の同名の小説の元になった）などの詩で知られる。「W・H・オーデン、知人宅で一夜を過ごす」に描かれる、夜中にカーテンや絨毯をはがしてきてかぶったという逸話は、彼の伝記に実際に出てくる。

いくつかの話で登場する〈夫〉〈前夫〉は、おそらく七〇年代に婚姻関係にあり、一児をもうけた作家のポール・オースターがモデルである。前夫がらみの作品には苦い味わいのものが多いなかで、「骨」は珍しくほのぼのとしたいい話で、喉に器具を入れられて両手を宙にさまよわせる若いオースターの姿を想像すると、ちょっとほほえましい。

デイヴィスは本書以降現在までに一つの長編と四つの短編集を刊行しているが、近年はますます自由度と軽やかさが増し、楽器のように、玩具のように、言葉と自在に戯れているといった印象を受ける。二〇一四年の最新短編集 *Can't and Won't* には約三百ページに百二十を超える作品が収録されており、これは今までで最多である。従来の形式に加えて、ページの端に小さく〈夢〉あるいは〈フロベールより〉とタグ付けされた短い文章が全体の三分の一近くを占めていて、それぞれ人から聞いた夢の話と、フロベールの手紙が元になっている。感情や人間関係を題材に書いていたころから自分は変化してきている、とデイヴィスは最近のインタビューの中で語っている。「いまの私は文章そのものの美に強く心を動かされるのです――他の誰かが書いた文章の美しさや、誰かが私に夢の話を語ってくれるときの、簡潔な言葉に。そうした素材を自分の目的のために利用するよりも、ただ素材そのものを味わいたい」(The Paris Review, Spring 2015)

プルースト、フロベールをはじめフランス文学のすぐれた翻訳家としても知られる彼女だが、「フランス語の翻訳はひと区切り」と語り、近ごろではさまざまな言語に関心の対象を広げている。ドイツ語、スペイン語はすでに習得し、現在はスウェーデン語、ノルウェー語、オランダ語を独学中で、スペイン語で『トム・ソーヤー』を読んだり、オランダ作家A・L・スネイデルスやノルウェー作家ダーグ・ソールスターの小説を原書で読破するなど、さまざまな試みに取り組んでいる。

最後になったが、本書を翻訳するにあたっては、満谷マーガレットさん、平田紀之さん、作品社の青木誠也さんにひとかたならぬお世話になった。この場を借りてお礼を申し上げます。

二〇一六年五月

岸本佐知子

Uブックス版に寄せて

単行本版の訳者あとがきに関して、いくつか補足を。

本書の「骨」と同じエピソードを、元夫であるポール・オースターもその後自作の中で書いている（『冬の日誌』柴田元幸訳、二〇一七年 新潮社）。本書の中では〝小骨〟と書かれているものが、オースターの表現では〝十センチ近い長さ〟の巨大な骨ということになっていて、いったいどちらを信じるべきなのか、どちらにしても興味ぶかい。

また、デイヴィスがダーグ・ソールスターの長大な著作を、辞書をいっさい使わずにノルウェー語で読破した経緯について書いたエッセイの日本語訳が、雑誌『MONKEY』vol.12に掲載された（柴田元幸訳）。こちらも非常にスリリングで面白いので、ぜひ手にとってみてほしい。

長編『話の終わり』に続き、本書もこうしてふたたび手に取りやすい形になったことは、訳者としてこの上ない喜びだ。

編集作業を熱意をもって進めてくださった白水社の栗本麻央さん、またUブックスへの再録を快諾してくださった作品社の青木誠也さんに、この場を借りてお礼を申し上げます。

二〇二二年十二月

岸本佐知子

著者紹介
リディア・デイヴィス（Lydia Davis）
1947年マサチューセッツ州生まれ、ニューヨーク州在住。著書に『ほとんど記憶のない女』『話の終わり』『サミュエル・ジョンソンが怒っている』（白水Uブックス）、*Varieties of Disturbance*、*Can't and Won't* など。プルーストの『失われた時を求めて』第一巻『スワン家の方へ』の新訳が高く評価されるほか、ビュトール、ブランショ、レリス、フロベールなどフランス文学の英訳者としても知られ、フランス政府から芸術文化勲章シュヴァリエを授与されている。2003年にはマッカーサー賞、2013年には国際ブッカー賞を受賞した。

訳者略歴
岸本佐知子（きしもと・さちこ）
上智大学文学部英文学科卒。翻訳家。訳書にL・ベルリン『掃除婦のための手引き書』『すべての月、すべての年』、L・デイヴィス『ほとんど記憶のない女』、M・ジュライ『いちばんここに似合う人』、G・ソーンダーズ『十二月の十日』、J・ウィンターソン『灯台守の話』、S・ミルハウザー『エドウィン・マルハウス』、N・ベイカー『中二階』『もしもし』、T・ジョーンズ『拳闘士の休息』、S・タン『内なる町から来た話』など。編訳書に『変愛小説集』『居心地の悪い部屋』など。著書に『気になる部分』『ねにもつタイプ』（講談社エッセイ賞）『死ぬまでに行きたい海』などがある。

本書は2016年に作品社より刊行された。

白水uブックス　246

分解する

著　者　リディア・デイヴィス
訳　者 © 岸本佐知子
発行者　岩堀雅己
発行所　株式会社 白水社
東京都千代田区神田小川町 3-24
振替　00190-5-33228　〒 101-0052
電話（03）3291-7811（営業部）
（03）3291-7821（編集部）
www.hakusuisha.co.jp

2023年 2 月 10 日　第 1 刷発行
2023年 3 月 5 日　第 2 刷発行
本文印刷　株式会社精興社
表紙印刷　クリエイティブ弥那
製　　本　誠製本株式会社
Printed in Japan

ISBN978-4-560-07246-2

乱丁・落丁本は送料小社負担にてお取り替えいたします。

ほとんど記憶のない女

リディア・デイヴィス 著 岸本佐知子 訳

「とても鋭い知性の持ち主だが、ほとんど記憶のない女がいた」わずか数行の超短篇から私小説・旅行記まで、「アメリカ小説界の静かな巨人」による知的で奇妙な五一の傑作短篇集。

話の終わり

リディア・デイヴィス 著 岸本佐知子 訳

語り手の〈私〉は、かつての恋愛の一部始終を再現しようと試みる。だが記憶はそこここでぼやけ、歪み、欠落し、捏造される。デイヴィスの、代表作との呼び声高い長篇。

サミュエル・ジョンソンが怒っている

リディア・デイヴィス 著 岸本佐知子 訳

『分解する』『ほとんど記憶のない女』につづく、三作目の短篇集。鋭敏な知性と感覚によって彫琢された珠玉の五六編。

白水 *u* ブックス